血海歼仇记

（今译为《泰特斯·安德洛尼克斯》）

【英】莎士比亚 著

朱生豪 译

朱尚刚 审订

中国青年出版社

献 辞

谨以此书献给

父亲朱生豪诞辰 100 周年！

——朱尚刚

本书系

朱尚刚先生推荐的

莎士比亚戏剧朱生豪原译本

目录

莎士比亚戏剧朱生豪原译本
珍藏全集

　　"莎士比亚戏剧朱生豪原译本珍藏全集"丛书，其中27部是根据1947年（民国三十六年）世界书局出版、朱生豪翻译的《莎士比亚戏剧全集》（三卷本）原文，四部历史剧（《约翰王》、《理查二世的悲剧》、《亨利四世前篇》、《亨利四世后篇》）是借鉴1954年作家出版社出版、朱生豪翻译的《莎士比亚戏剧集》（十二），同时参考其手稿出版的。

　　朱生豪翻译莎士比亚戏剧以"保持原作之神韵"为首要宗旨。他的译作也的确实现了这个宗旨，以其流畅的译笔、华赡的文采，保持了原作的神韵，传达了莎剧的气派，被誉为翻译文学的杰作，至今仍受到读者的热烈欢迎和学界的高度评价。许渊冲曾评价说，二十世纪我国翻译界可以传世的名译有三部：朱生豪的《莎士比亚全集》、傅雷的《巴尔扎克选集》和杨必的《名利场》。

　　于是，朱生豪译本成为市场上流通最广的莎剧图书，发行量达数千万册。但鲜为人知的是，目前市场上有几十种朱译莎剧的版本，虽然都写着"朱生豪译"，但所依据的大多是人民文学出版社 1978 年的"校订本"——上世纪 60 年代初期，人民文学出版社组织一批国内一流专家对朱生豪原译本进行校订和补译，1978 年出版成"校订本"——经校订的朱译莎剧无疑是对原译本的改善，但在某种意义上来说，校订者和原译者的思维定式和语言习惯不同，因此经校订后的译文在语言风格的一致性等方面受到了影响，还有学者对某些修改之处也提出存疑，尤其是以"职业翻译家"的思维方式，去校订和补译"文学家翻译"的译本语言，不但改变了朱生豪原译之味道，也可能在一定程度上影响了莎剧"原作之神韵"的保持。

当流行的朱译莎剧都是"被校订"的朱生豪译本时，时下读者鲜知人文校订版和"朱生豪原译本"的差别，错把冯京当马凉，几乎和本色的朱生豪译作失之交臂。因此，近年来不乏有识之士呼吁：还原朱生豪原译之味道，保持莎剧原作之神韵。

中国青年出版社根据朱生豪后人朱尚刚先生推荐的原译版本，对照朱生豪翻译手稿进行审订，还原成能体现朱生豪原译风格、再现朱译莎剧文学神韵的"原译本"系列，让读者能看到一个本色的朱生豪译本（包括他的错漏之处）。

　　1947 年（民国三十六年），世界书局首次出版朱生豪译的《莎士比亚戏剧全集》时，曾计划先行出版"单行本"系列，朱生豪夫人宋清如女士还为此专门撰写了"单行本序"，后因直接出版了三卷本的"全集"，未出单行本而未采用。2012 年，朱生豪诞辰 100 周年之际，经朱尚刚先生授权，以宋清如"单行本序"为开篇，中国青年出版社"第一次"把朱生豪原译的 31 部莎剧都单独以"原译名"成书出版，制作成"单行本珍藏全集"。

　　谨以此向"译界楷模"朱生豪 100 周年诞辰献上我们的一份情意！

2012 年 8 月

《莎剧解读》序（节选）

我们在翻译中，首先碰到的问题就是评论中所引用的莎士比亚原文，究竟由我们自己翻译出来，还是借用接任已有的翻译。我们决定借用别人的译文。当时译出的莎剧已经不少，译者大多都是名家，但我们毫不迟疑地选择了朱生豪的译本。朱的译本于抗战时期在世界书局出版，装订为三厚册。他翻译此书时，年仅三十多岁。他不顾当时环境艰苦，条件简陋，以极大的毅力和热忱，完成了这项难度极高的巨大工程，真是令人可敬可服。一九五四年，人民文学出版社将它再版重印，分为十二册，文字没有作什么更动，只是将有些剧本的名字改得朴素一点。我们在翻译莎剧评论时，所援引的原著译文就是根据这一版本。当时我见到主持出版社工作的老友适夷，对他说，他办了一件好事。不料后来，出版社却把这一版本停了，改出新的版本。新版本补充了朱生豪未译的几个历史剧，而对朱译的其他各剧，则请人再据原文校改。校改者虽然大多尊重原译，但是在个别文字上也作了不少订正。从个别字汇来看，不能说这些订正不对，校改者所订正的某些字，确实比原译更确切。但从整体来看，还有原译的精神面貌问题，即传神达旨的问题必须加以考虑。拘泥原著每个字的准确性，不一定就更能传达原著的总体精神面貌。相反，有时甚至可能会损害原著的整体精神。我国古代文论中，刘勰有所谓"谨发而易貌"的说法，即是指此。这意思是说，画家倘拘泥于去画人的每根头发，反而是会使人的面貌走样。汤用彤曾说魏晋识鉴在神明。从那时起我国审美趣味十分重视传神达旨。刘知几《史通》区分了貌同心异与貌异心同两种不同的模拟，认为前者为下，后者为上，也是阐明同一道理。过去我们的翻译理论强调直译，这在一定时期（或在纠正不负责任随心所欲的意译之风时）是必要的，但如果强调过头，忽略传神达旨的重要，那也成为另一种一偏之见了。朱译在传神达旨上可以说是首屈一指的，所以我们翻译莎剧评论引用原剧文字时，仍用未经动过的朱译。我们准备这样做也得到了满涛的同意。后来他在翻译中倘遇到莎剧文字，也同样援用一九五四年出的朱译本子。直到后来，我才知道，朱生豪和我少年时代的老师任铭善先生是大学的同学而且友善，二人在校时即同组诗社唱和。有趣的是任先生学的是外文，后来却弃外文而专攻国学；而朱生豪在校时，读的是中文，后来却弃中文而投身莎士比亚的翻译。朱的译文，不仅优美流畅，而且在韵味、音调、气势、节奏种种行文微妙处，莫不令人击节赞赏，是我读到莎剧中译的最好译文，迄今尚无出其右者。

（此部分摘录自歌德等著，张可、王元化译的《莎剧解读》，经王元化家属桂碧清女士特别授权使用。）

莎氏剧集单行本序①

文 / 宋清如

　　盖惟意志坚强，识见卓越之士，为能刻苦淬砺，历艰难而不退，守困穷而不移，然后成其功遂其业。吾于生豪之译莎氏剧本全集，亦不得不云然。余识生豪久，知生豪深，洞悉其译莎剧之始末。且大部之成，余常侍其左右，故每念其沥尽心血，未及完工，竟以身殉，恒不自禁其哀怨之切也。

　　生豪秀水人，幼具异禀，早失怙恃，性情温和若女子。然意志刚强，识见卓越，平生无嗜好，洁身自爱，不屑略涉非礼，颇有伯夷之风。年十八卒业于邑之秀州中学，入杭州之江大学工国文英文两科，师友皆目为杰出之人才。卒业后于世界书局任英文编辑，每公事毕辄浏览群书，尤嗜诗歌。后乃悉心研究莎氏剧本，从事移植。尝谓莎翁著作足以冠盖千古，超越千古，而我国至今尚无全集之译本，诚足令人齿

---

　　① 1947年世界书局曾经考虑在出版三卷本的《莎士比亚戏剧全集》前先出系列单行本，为此宋清如女士专门拟写了序。后来世界书局没有出单行本，直接出全集了，这篇序也就没有采用。经朱尚刚先生授权，首次在珍藏版莎士比亚戏剧系列单行本上独家采用。——编者注

冷。余决勉为其难，一洗此耻。其译作之经过，略见于其自序。厥后因用心过度，精神日损而贫困日甚。译事伤其神，国事家事短其气，而孜孜矻矻工作益勤，操心益苦。不幸竟于三十三年六月肺疾加剧，委顿床席，奔走无方，医药不继，终致于十二月廿六日未时谢世，年仅三十又四[①]。莎剧全集尚缺五本又半，抱志未酬，哀哉痛哉！

生豪喜诗歌，早年著作均失于战火。尝自辑其旧体诗歌，釐为四卷，分歌行、漫越、长短句及译诗，而命之谓《古梦集》。新体诗则有《小溪集》、《丁香集》等。皆于中美日报馆被占时失去。今所存仅少数新诗耳。

自致力译莎工作以后，绝少写作。良以莎翁作品使之心醉神往，反觉己之粗疏浅陋，不能自惬于怀。尝拟于莎剧全集译竣而后，再译莎翁十四行诗。不意大业未就，遽而弃世。才人命蹇，诚何痛惜！生豪于中国诗人中，酷爱渊明，盖其恬淡之性，殊多同趣也。至于译笔之优劣短长，自有公论，余不欲以偏见淆其面目也。

----

① 朱生豪生于1912年2月（阴历为壬子年12月），1944年12月去世，去世时是32周岁，但若按阴历虚岁计算的话，就是34岁。——编者注

剧中人物

撒脱尼纳斯——罗马前皇之子，后即位称帝

巴西安纳斯——撒脱尼纳斯之弟，与拉薇妮霞相恋

泰脱斯·安特洛尼格斯——征讨哥斯人之罗马大将

玛格斯·安特洛尼格斯——护民官，泰脱斯之弟

琉歇斯

昆得斯

马歇斯 }———泰脱斯·安特洛尼格斯之子

缪歇斯

小琉歇斯——琉歇斯之幼子

波勃律斯——玛格斯·安特洛尼格斯之子

森普洛涅斯

凯易斯 }———泰脱斯之亲族

伐伦泰恩

哀米律斯——罗马贵族

阿拉勃斯

第米屈律斯 }——妲摩拉之子

祁伦

亚伦——摩尔人，妲摩拉之嬖奴

元老，护民官，使者，乡人，及罗马人民等

哥斯将士，罗马将士等

妲摩拉——哥斯人之女王

拉薇妮霞——泰脱斯·安特洛尼格斯之女

乳媪，黑婴

地点

罗马及其附近郊野

第一幕

没有人为英勇的缪歇斯流泪；他为正义而死，生存在荣誉之中。

第一场 罗马

【安特洛尼格斯家族坟墓遥见。护民官及元老等列

坐上方；撒脱尼纳斯及其党徒自一门上，巴西安纳

斯及其党徒自另一门上，各以旗鼓前导。

撒　　尊贵的卿士们，我的权利的保护人，用武器捍卫我
　　　的合法的要求吧；同胞们，我的亲爱的臣僚，用你
　　　们的宝剑争取我的继承的名分吧：我是罗马前皇的
　　　长子，让我父亲的尊荣继续存留在我的身上，不要
　　　让这时代遭受非礼的侮蔑。

巴　　诸位罗马人，朋友们，同志们，我的权利的拥护者，
　　　要是巴西安纳斯，该撒的儿子，曾经在尊贵的罗马
　　　眼中邀荷眷注，请你们守卫这一条通往圣殿的大路，
　　　不要让耻辱玷污了皇座的尊严；这一个天命所集的
　　　位置，是应该为秉持正义，澹泊高尚的人所占有的。
　　　让功业德行在大公无私的选举中放射它的光辉；罗
　　　马人，你们的自由能否保全，在此一举，认清你们
　　　的目标而奋斗吧。

【玛格斯·安特洛尼格斯捧皇冠自上方上。

玛　　两位皇子，你们各拥党羽，雄心勃勃地争取国柄和
　　　　皇座，我们现在代表民众的立场，告诉你们罗马人
　　　　民已经亲口一辞，公举素有忠诚之名的安特洛尼格
　　　　斯作为统治罗马的君王，因为他曾经为罗马立下许
　　　　多丰功伟绩，在今日的邦城之内，没有一个比他更
　　　　高贵的男子，更英勇的战士。他这次从征讨野蛮的
　　　　哥斯人的辛苦的战役中，奉着元老院的召唤回国，
　　　　凭着他父子们使敌人破胆的声威，已经镇伏了一个
　　　　悍强善战的民族。自从他为了罗马的光荣，开始出
　　　　征，用武力膺惩我们敌人的骄傲以来，已经费去了
　　　　十年的时间；他曾经五次流着血护送他的战死疆场
　　　　的英勇的儿子们的灵榇回到罗马来；现在这位善良
　　　　的安特洛尼格斯，雄名远播的泰脱斯，终于满载着
　　　　光荣的战利品，旌旗招展，奏凯班师了。凭着你们
　　　　所希望克绳遗武的先皇陛下的名义，凭着你们在表
　　　　面上尊崇的议会的权力，让我们请求你们各自退下，
　　　　解散你们的随从，用和平而谦卑的态度，根据你们
　　　　本身的才德，提出你们合法的要求。

撒　　　这位护民官说得很好，他使我的心安静下来了！

巴　　　玛格斯·安特洛尼格斯，我信任你的公平正直；我
　　　　敬爱你，也敬爱你的高贵的兄长泰脱斯和他的英勇
　　　　的儿子们，我尤其敬爱我所全心倾慕的温柔的拉薇
　　　　妮霞，罗马的贵重的珍饰；我愿意在这儿遣散我的
　　　　亲爱的朋友们，把我的正当的要求委之于命运和人
　　　　民的意旨。（巴党下）

撒　　　朋友们，谢谢你们为了我的权利而如此出力，现在你
　　　　们都退下去吧；我把自身的利害，正义的存亡，都
　　　　信托于祖国的公意了。（撒党下）罗马，正像我对
　　　　你深信不疑一样，愿你用公平仁爱的精神对待我。
　　　　开门，让我进来。

巴　　　各位护民官，也让我这卑微的竞争者进来。（喇叭
　　　　奏花腔；撒、巴二人升阶入议会）

【一将官上。

将官　　罗马人，让开！善良的安特洛尼格斯，正义的保护
　　　　者，罗马最好的战士，已经用他的宝剑征服罗马的

敌人，带着光荣和幸运，战胜回来了。

【鼓角齐鸣，马歇斯及缪歇斯前行，二人抬棺（棺上覆黑布），琉歇斯及昆得斯随后。泰脱斯·安特洛尼格斯领队，率妲摩拉，阿拉勃斯，祁伦，第米屈律斯，亚伦及其他哥斯俘虏续上，军士人民等后随。抬棺者将棺放下，泰脱斯发言。

泰　祝福，罗马，在你的丧服之中得到了胜利的光荣！瞧！像一艘满载着珍宝的巨船，回到它最初启碇的口岸上一样，安特洛尼格斯戴着桂冠，用他的眼泪，因为生还罗马而流下的真诚的喜悦之泪，向他的祖国致敬了。这一座圣殿的伟大的保卫者啊，仁慈地鉴临着我们将要举行的仪式吧！罗马人，我曾经有二十五个勇敢的儿子，普赖姆王①诸子的半数，瞧，

---

　①普赖姆（Priam），特洛埃之王，赫克脱（Hector）巴里斯（Paris）等均为其子。——译者注

现在活的死的，一共还剩多少！这几个活着的，让罗马用恩宠报答他们；这几个新近战死的；我要把他们葬在祖先的坟地上；哥斯人已经允许我把我的宝剑插进鞘里了。泰脱斯，你这不慈不爱的父亲，为什么你还不把你的儿子们安葬，让他们在可怕的冥河之滨徘徊？让他们长眠在他们兄弟的身旁吧。（开墓）沉默地会晤你们的亲人，平静地安睡啊，你们是为祖国而捐躯的！啊，埋藏着我的喜悦的神圣的仓库，正义和勇敢的美好的巢窟，你已经容纳了我多少的儿子，再也不会把他们还给我的了！

琉　把哥斯人中间最骄贵的俘虏交给我们，让我们砍下他的四肢，当着我们兄弟埋骨的坟墓之前把他烧死，作为献祭亡灵的礼品；让阴魂可以瞑目地下，不致于为祟人间。

泰　我把生存的敌人中间最尊贵的一个交付给你，这位痛苦的女王的长子。

妲　且慢，罗马的兄弟们！仁慈的征服者，胜利的泰脱斯，怜悯我所挥的眼泪，一个母亲为了哀痛她的儿子所挥的眼泪吧！要是你曾经爱过你的儿子，啊！

请你想一想我的儿子对于我也是同样亲爱的。我们已经成为你的囚人，屈服于罗马的威力之下，被俘到罗马来，夸耀你的光荣的凯旋了；难道这还不够，而必须把我的儿子们屠戮在市街上，因为他们曾经为他们自己的国家出力吗？啊！要是在你们国中，为君主和国家而战，是一件应尽的责任，那么在我们国中也是一样的。安特洛尼格斯，不要用鲜血玷污你的坟墓。你要效法天神吗？你就该效法他们的慈悲；慈悲是高尚的人格的真实的标记。尊贵的泰脱斯，赦免我的长子吧！

泰　您忍耐点儿吧，娘娘，原谅我。这些已死的都是他们的兄弟，你们哥斯人曾经看见他们怎样以身殉国；现在他们为了已死的兄弟诚心要求一件祭礼，您的儿子已经被选中了，他必须用一死安慰那些愤懑的幽魂。

琉　把他带下去！立刻生起火来；在一堆木柴之上，让我们用宝剑支解他的身体，直到烈火把他烧成一堆焦炭。（琉、昆、马、缪牵阿拉勃斯下）

妲　啊，残酷的，伤天害理的行为！

祁　　　锡第亚①的土人比得上他们一半的野蛮吗？

第　　　不要把锡第亚和野心的罗马相比。阿拉勃斯去安息

　　　　了，我们这些未死的囚徒，必须在泰脱斯的狰狞的

　　　　脸色之下颤栗。所以，母亲，我们还是坚决地希望着，

　　　　那曾经帮助特洛埃王后向色累斯②的暴君复仇的天

　　　　神，也会照顾姐摩拉，哥斯人的女王，向她的敌人

　　　　报复血海的深仇。

【琉歇斯，昆得斯，马歇斯，缪歇斯各持血剑重上。

琉　　　瞧，父亲，我们已经举行我们罗马的祭礼。阿拉勃

　　　　斯的四肢都被我们割了下来，他的脏腑投在献祭的

　　　　火焰之中，那烟气像燃烧的香料一样薰彻天空。现

　　　　在我们只要送我们的兄弟入土，用高声的号角欢迎

　　　　他们回到罗马来。

_____

　　①锡第亚（Scythia），亚洲国名，往时为野蛮之游牧民族所居。——
译者注

　　②特洛埃王后指普赖姆之后赫邱琶（Hecuba），色累斯（Thrace）暴
君待考。——译者注

泰　　很好，让安特洛尼格斯向他们的灵魂作这一次最后的告别。（喇叭吹响，棺材下墓）在平和与光荣之中安息吧，我的孩儿们；罗马的最勇敢的战士，这儿你们受不到人世的侵害和意外的损伤，安息吧！这儿没有潜伏的阴谋，没有暗中生长的嫉妒，没有害人的毒药，没有风波，没有喧哗，只有沉默和永久的睡眠，在平和与光荣之中安息吧，我的孩儿们！

【拉薇妮霞上。

拉　　愿泰脱斯将军在平和与光荣之中安享长年；我的尊贵的父亲，愿你生存着受世人的景仰！瞧！在这坟墓之前，我用一掬哀伤的眼泪向我的兄弟们致献我的追思的敬礼；我还要跪在你的足下，用喜悦的眼泪浇洒泥土，因为你已经无恙归来。啊！用你胜利的手为我祝福吧！

泰　　仁慈的罗马，感谢你温情的庇护，为我保全了这一个暮年的安慰！拉薇妮霞，生存吧；愿你的寿命超过你的父亲，你的贤淑的声名永垂不朽！

【玛格斯·安特洛尼格斯及众护民官，撒脱尼纳斯，

巴西安纳斯，及余人等重上。

玛　　泰脱斯将军，我的亲爱的兄长，罗马眼中仁慈的胜

利者，愿你长生！

泰　　谢谢，善良的护民官，玛格斯贤弟。

玛　　欢迎，侄儿们，你们这些奏凯回来的生存的英雄和

流芳万世的长眠的壮士！你们为国奋身，国家一定

会给你们同样隆重的褒赏；可是这庄严的葬礼，却

是更肯定的凯旋，他们已经超登极乐，战胜命运的

无常，永享不朽的荣名了。泰脱斯·安特洛尼格斯，

你一向就是罗马人民的公正的朋友，他们现在推举

我，他们所信托的护民官，把这一件洁白无疵的长

袍送给你，并且提出你的名字，和这两位前皇的世

子并列，作为罗马皇位的候选人。所以，请你答应

参加竞选，披上这件白袍，帮助无主的罗马得到一

个元首吧。

泰　　罗马的光荣的身体上不该安放一颗老迈衰弱的头颅。

为什么我要穿上这件长袍，贻累你们呢？也许我今

天受到推戴，明天就会撒手长逝，那不是又要害你

们多费一番忙碌吗？罗马，我已经做了四十年你的
军人，带领你的兵队东征西讨，不曾遭过败衄；我
已经埋葬了二十一个在战场上建立功名，为了他们
高贵的祖国而慷慨捐躯的英勇的儿子。给我一枝荣
誉的手杖，让我颐养我的晚年；不要给我统治世界
的权标，那最后握着它的，各位大人，是一位聪明
正直的君主。

玛　泰脱斯，你可以要求皇位，你的要求将被接受。

撒　骄傲而野心的护民官，你有这样把握吗？

泰　不要恼，撒脱尼纳斯皇子。

撒　罗马人，给我合法的权利。贵族们，拔出你们的剑来，
直到撒脱尼纳斯登上罗马的皇座，再把它们收入鞘
中。安特洛尼格斯，我但愿把你送下地狱，要是你
想夺取民众对我的信心！

琉　骄傲的撒脱尼纳斯，你还不知道光明磊落的泰脱斯
预备怎样照顾你，就这样口出狂言！

泰　安心吧，皇子；我会使人民放弃他们原来的意见，
使你重新得到他们的爱戴。

巴　安特洛尼格斯，我并不谄媚你，我只是尊敬你，我将

要尊敬你直到我死去。要是你愿意率领你的友人加强我的阵营，我一定非常感激你；对于心地高尚的人，感谢是无上的酬报。

泰　　罗马的人民和各位在座的护民官，我要求你们的同意和赞助：你们愿意接受安特洛尼格斯的建议吗？

众护民官　为了使善良的安特洛尼格斯得到满足，为了庆贺他的安返罗马，人民愿意接受他所赞助的人。

泰　　诸位护民官，我谢谢你们；我要向你们提出这一个要求，请你们推戴你们前皇的长子，撒脱尼纳斯殿下，践履皇位；我希望他的贤德将会普照罗马，就像日光照射大地一样，在这国土之上结成公道的果实。要是你们愿意听从我的建议，就请把皇冠加在他的头上，高呼"吾皇万岁！"

玛　　在全国人民不分贵贱一致的推戴拥护之下，我们宣布以撒脱尼纳斯殿下为罗马伟大的皇帝；撒脱尼纳斯吾皇万岁！（喇叭奏长花腔）

撒　　泰脱斯·安特洛尼格斯，为了你今天推戴的功劳，我不但给你口头的感谢，还要在事实上报答你的好意。我要光大你的荣誉和你的家族的盛名，泰脱斯，第一步我要使拉薇妮霞做我的皇后，罗马的尊严的女主人，我的意中的爱宠；我要在神圣的万神殿中和她举行婚礼。告诉我，安特洛尼格斯，这建议使你满意吗？

泰　是，陛下；蒙陛下不弃下婚真是莫大的恩荣。当着罗马的人民之前，我把我的宝剑，我的战车，和我的俘虏，这些适合于呈奉罗马皇座的礼物，献给撒脱尼纳斯，我们全体国民的君王和主帅，统治这一个广大的世界的皇帝。请陛下鉴纳愚诚，接受我这卑微的贡献。

撒　谢谢你，尊贵的泰脱斯，我的生命的父亲！罗马的历史上将要记载我是多么欣幸于得到你和你的礼物；要是有一天我会忘记这些无言可喻的伟大的勋绩中的最微细的部分，那时候，罗马人，忘记你们对我应尽的忠诚吧。

泰　（向妲）现在，娘娘，您是一个皇帝的俘虏了；他将要按照您的尊贵的地位，给您和您的从者们适当的礼遇。

撒　好一个绝色的佳人；要是让我重新选择，这才是我所要选择的配偶。美貌的王后，扫清你脸上的愁云吧；虽然一时的胜败改变了你的处境，你不会在罗马遭受侮辱，各方面都要得到优渥的待遇。相信我的话，不要让懊恼消沉了你一切的希望；娘子，那能够使你享受比哥斯人的女王更大的荣华的人在安慰你了。拉薇妮霞，你听我这样说了，不会生气吗？

拉　不，陛下；因为真实的高贵向我保证这些话不过表示着大度的谦恭。

撒　谢谢，亲爱的拉薇妮霞。罗马人，让我们去吧；这些俘虏都一起释放，不要他们的赎金。各位贤卿，叫喇叭和鼓声吹打起来，宣布我们今天的盛典。（喇叭奏花腔。撒向妲作手势求爱。）

巴　泰脱斯将军，恕我，这位女郎是属于我的。（夺拉薇妮霞）

泰　怎么，殿下！您不是在开顽笑吗？

巴　不，尊贵的泰脱斯；我已经下了决心，坚持我的应有的权利。

玛　物各有主，这位皇子夺回他自己的人，并不是非法逾分的行为。

琉　只要琉歇斯活在世上，谁也不能阻止他。

泰　　好一伙反贼，都给我滚开！皇上的卫队呢？反了，陛下！拉薇妮霞被人抢走了。

撒　　抢走了！什么人敢把她抢走？

巴　　把她抢走的，是一个有权力把他的未婚妻带到远离人世的地方去的人。（玛及巴挟拉薇妮霞下）

缪　　兄弟们，帮助他们护送她离开这地方，这一扇门归我仗剑把守。（琉、昆、马同下）

泰　　跟我走，陛下，我立刻就去把她夺回来。

缪　　父亲，您不能打这儿通过。

泰　　什么！逆子，不让我在罗马通行吗？（刺缪）

缪　　救命，琉歆斯，救命！（死）

【琉歆斯重上。

琉　　父亲，您太狠心了；您不该在无理的争吵中杀了您的儿子。

泰　　你，他，都不是我的儿子；我的儿子决不会给我这样的羞辱。反贼，快把拉薇妮霞还给皇上。

琉　　您可以叫她死，却不能叫她放弃原来的婚约另嫁旁人。（下）

撒　　不，泰脱斯，不；皇帝不需要她；她，你，你家里的人，

　　　我一个也用不到。我宁可信任一个曾经嘲笑我的人，

　　　可再也不愿相信你，或是你的叛逆傲慢的儿子们，

　　　你们都是故意这样串通了来羞辱我的。难道罗马只

　　　有一个撒脱尼纳斯是可以给人玩弄的吗？安特洛尼

　　　格斯，像这样的行为也会当着我的面前干出来，怪

　　　不得你要向人夸口，说是我的皇位是从你的手里求

　　　讨得来的了。

泰　　嗳哟！这一番责备的话是那里说起！

撒　　去吧；去把那朝秦暮楚的东西给那为了她挥刀舞剑

　　　的家伙吧。恭喜你招到了一位勇敢的女婿，你的不

　　　法的儿子们可以有一个打架的对手，扰乱罗马国境

　　　之内的安宁了。

泰　　这些话就像剃刀一样，割痛了我的受伤的心。

撒　　所以，可爱的姐摩拉，哥斯人的女王。你像庄严的

　　　妃琵①卓立在她周遭的女神之间一样，使罗马最美

　　　的妇人黯然失色，要是你不嫌唐突，瞧吧，我选择

─────────────

① 妃琵（Phoebe），月之女神，黛安娜（Diana）之别名。——译者注

你姐摩拉，做我的新娘，我将要把你立为罗马的皇后。说，哥斯人的女王，你赞同我的选择吗？这儿我指着一切罗马的神明起誓，因为祭司和圣水无需远求，蜡烛点燃得这样光明，一切都已准备着迎迓亥门②的降临；我要在这儿和我的新娘举行婚礼以后，再和她携手同出，巡行罗马的街道，跨进我的宫门。

妲　　苍天在上，听我向罗马起誓，要是撒脱尼纳斯宠纳哥斯人的女王，她愿意做一个伺候他的意旨的奴婢，一个温柔体贴的保姆，一个爱护他的青春的慈母。

撒　　美貌的女王，登上万神殿去吧。各位贤卿，陪伴你们的皇帝和他的可爱的新娘一同进来；她是上天赐给撒脱尼纳斯皇子的，他的智慧已经征服了她的命运。我们在圣殿之内，将要完成我们的婚礼。（除泰外均下）

泰　　他不曾叫我也去伺候这位新娘。泰脱斯，你生平什么时候曾经众叛亲离，受到这样的羞辱？

---

①亥门（Hymen），司婚姻之神。——译者注

【玛格斯，琉歇斯，昆得斯，及马歇斯重上。

玛　　啊！泰脱斯，瞧！啊！瞧瞧你干了什么事啦：你已经在一场无理的争吵中杀死一个贤德的儿子。

泰　　不，愚蠢的护民官，不；他不是我的儿子，你也不是我的兄弟，我一个也不认识你们；你们结党同谋，干出这样贻羞家门的事来，不肖的兄弟，不肖的儿子！

琉　　可是让我们按照他的身分把他埋了；把缪歇斯跟我们的兄弟们葬在一起吧。

泰　　反贼们，滚开！他不能安息在这座坟墓里。这巍峨的丘陇，已经经历了五百年的岁月，我曾经几度把它隆重修建，在这儿光荣地长眠的，都是军人和罗马的忠仆，没有一个是在口角斗殴之中卑劣地丧命的。随便你们找一个什么地方把他埋葬了吧；这儿没有他的地位。

玛　　兄长，你这未免太没有亲情了。我的侄儿缪歇斯的行为可以替他自己辩护；他必须和他的兄弟们葬在一起。

昆、马　他必须和他们合葬，否则我们愿意和他同死。

泰　　他必须！那一个混蛋敢说这句话？

昆　　倘不是因为当着您的面前，说这句话的人一定要用
　　　行动力争它的实现。

泰　　什么！你们胆敢反抗我的意志把他埋葬吗？

玛　　不，尊贵的泰脱斯；我们请求你宽恕缪歇斯，让我
　　　们把他葬了。

泰　　玛格斯，你也竟会向我这样公然挺撞，跟这些孩子
　　　们联合了来伤害我的荣誉；我把你们每一个人认为
　　　我的仇敌；不要再跟我纠缠了，一起给我滚吧！

马　　他已经疯了；我们去吧。

昆　　在缪歇斯的尸骨没有安葬以前，我是不去的。（玛
　　　及泰脱斯诸子下跪）

玛　　哥哥，让天性打动你的心，——

昆　　爸爸，愿您俯念父子之情，——

泰　　算了，不要说下去了。

玛　　著名的泰脱斯，我的大半个的灵魂，——

琉　　亲爱的爸爸，我们全体的灵魂和主脑，——

玛　　让你的兄弟玛格斯把他的英勇的侄儿安葬在这些忠
　　　臣义士的中间，因为他是为了拉薇妮霞的缘故光荣
　　　地死去。你是一个罗马人，不要像野蛮人一般；

缪歇斯曾经是你所心爱的孩子，让他进入这一座墓门吧。

泰　　起来，玛格斯，起来。今天是我一生中最不幸的日子，在罗马被我的儿子们所羞辱！好，把他葬了，回头再来葬了我吧。（缪尸身置入墓中）

琉　　这儿长眠着你的骸骨，亲爱的缪歇斯，和你的亲人们在一起；等候着我们用战利品来装饰你的坟墓吧。

众　　（跪）没有人为英勇的缪歇斯流泪；他为正义而死，生存在荣誉之中。

玛　　这些伤心的事情搁在一旁，兄长，那哥斯人的狡猾的王后怎么一下子就在罗马遭蒙这样的恩宠？

泰　　我不知道，玛格斯；我只知道有这么一回事儿，天才知道这里头有没有什么诡计。她不是应该感激那使她得到这样极大幸运的人吗？

玛　　是的，她一定会重重酬答他的。

　　【喇叭奏花腔。撒脱尼纳斯率侍从及妲摩拉，第米屈律斯，祁伦，亚伦等自一方上；巴西安纳斯，拉薇妮霞，及余人等自另一方重上。

撒　好，巴西安纳斯，你已经夺到你的锦标；恭喜你得
　　了一位美貌的新娘！

巴　我也要同样恭喜你，陛下！我没有别的话说，愿你
　　快乐；再会。

撒　反贼，要是罗马还有法律，我还有权力的话，你和
　　你的同党少不得有一天懊悔你的奸占的行为。

巴　陛下，我夺回明明和我订有婚约的爱人，现在她已
　　成为我的妻子了，你却说这是奸占吗？可是让罗马
　　的法律决定一切吧；我所占有的是属于我自己的。

撒　很好，你敢在我面前这样放肆，总有一天我要叫你
　　认识我的利害。

巴　陛下，我所干的事，必须由我自己担当，决不诿卸
　　我的责任。只有这一点是我希望你明白的：这位高
　　贵的武士，泰脱斯将军，是被你误解了，他在名誉
　　上已经横蒙不白之冤；他为了尽忠于你，看见他的
　　慷慨的许诺遭到意外的阻挠，在争夺拉薇妮霞的企
　　图之中，由于一时的气愤，已经亲手杀死了他的幼
　　子；他已经用他一切的行为，证明他对于你和罗马

是一个父亲和一个朋友了，撒脱尼纳斯，不要错怪他吧。

泰　巴西安纳斯皇子，不要为我的行为辩护；都是你和那一伙人使我遭到这样的羞辱。罗马和公正的天庭可以为我作证，我是多么敬爱撒脱尼纳斯！

妲　陛下，要是妲摩拉曾经在你尊贵的眼中辱蒙见爱，请听我说一句没有偏心的话；亲爱的，听从我的请求，把已成过去的事情忘怀了吧。

撒　什么，御妻！被人公然侮辱，却卑怯地不知报复，就这样隐忍了事吗？

妲　不是这样说，陛下；要是我使你做了不名誉的事，罗马的神明也会不容我的！可是我敢凭着我的荣誉担保善良的泰脱斯将军在一切事情上都是无罪的，他的真诚的愤怒说明了他的内心的悲痛。所以，听从我的请求，用温和的眼光看待他吧；不要因为无稽的猜测而失去这样一个高贵的朋友，更不要用恼怒的脸色刺痛他的善良的心。（向撒旁白）陛下，听我的话，不要固执，把你的一切愤恨暂时遮掩一下；你现在即位未久，不要把人民和贵族赶到泰脱斯一

方面去，使他们觉得你是忘恩负义而把你废黜，因
为忘恩负义在罗马人看来是一桩极大的罪恶。听从
我的请求，一切都在我的身上；我会有一天杀得他
们一个不留，把他们的党羽和宗族剪除干净；那残
忍的父亲，和他的叛逆的儿子们，我要叫他们抵偿
我的爱子的生命，使他们知道让一个王后当街长跪，
哀求他们俯赐矜怜而无动于中，会有些什么报应。

（高声）来，来，好皇帝；来，安特洛尼格斯；扶
起这位好老人家来，安慰安慰他那在你满脸的怒色
中濒于死去的心吧。

撒　　起来，泰脱斯，起来；我的皇后已经把我说服了。

泰　　谢谢陛下和娘娘的恩典。这些仁慈的言语，温和的
　　　颜色，把新的生命注入我的身体之内了。

妲　　泰脱斯，我已经和罗马结为一体，现在我也是一个
　　　罗马人了，我必须为了皇上的好处，给他忠诚的劝
　　　告。从今天起，安特洛尼格斯，一切争执都消灭了。
　　　我的好陛下，我已经使你和你的朋友们言归于好，
　　　让这作为我的莫大的荣幸吧。至于你，巴西安纳斯
　　　皇子，我已经向皇上保证，今后你一定做一个驯良

安分的人。不用担心，各位贤卿，还有你，拉薇妮霞，大家听我的话，跪下来向皇上陛下求恕吧。

琉　　　是，我们向上天和陛下起誓，我们刚才所干的事，都是为了我们的姊妹和我们自己的荣誉而不得不采取的行动，我们已经尽力检束自己，不使它过分越出了轨道。

玛　　　我可以凭着我的名誉起誓。

撒　　　去，不要说话；少向我们烦渎些吧。

妲　　　不，不，好皇帝，我们必须大家都成好朋友。这位护民官和他的侄儿们都在向你跪求恩恕；你必须听我的话；好人儿，转过脸来吧。

撒　　　玛格斯，既然我的可爱的姐摩拉向我这样请求，为了你的缘故，也为了你的兄长的缘故，我赦免了这些少年人的重罪；站起来。拉薇妮霞，虽然你把我当作一个村夫似的丢弃了我，我已经找到一个爱我的人，我可以确实发誓当我离开祭司的时候，我不会仍然是一个单身的汉子。来，要是皇帝的宫廷里可以欢宴两个新娘，你，拉薇妮霞，和你的亲友们都是我的宾客。今天将要成为一个释嫌修好的日子，姐摩拉。

泰　　明天陛下要是高兴的话，我愿意追随您出猎，打些
　　　豹子公鹿玩玩；我们将要用号角和猎犬的吠声向您
　　　道早安。

撒　　很好，泰脱斯，谢谢你。（喇叭声；同下）

第二幕

杀人的恶念藏在我的心头，

死亡握在我的手里，流血

和复仇在我的脑中震荡。

第一场 罗马；皇宫前

【亚伦上。

亚　　现在妲摩拉已经登上了奥林帕斯的峰巅，命运的箭
　　　镞再也不会伤害她；她高据宝座，不受震雷闪电的
　　　袭击，脸色惨白的妒嫉不能用威胁加到她的身上。
　　　正像金色的太阳向清晨敬礼，用他的光芒镀染海洋，
　　　驾着耀目的云车从黄道上飞驰疾过，高耸霄汉的山
　　　峰都在他的俯瞰之下；妲摩拉也正是这样，人世的
　　　尊荣听候着她的智慧的使唤，正义在她的颦蹙之下
　　　屈躬颤栗。那么，亚伦，鼓起你的勇气，现在正是
　　　你攀龙附凤的机会。你的主后已经长久成为你的俘
　　　虏，用色欲的锁链镣铐她自己，被亚伦的魅人的目
　　　光紧紧捆束，比缚在高加索山上的普洛密修斯①更
　　　难脱身；你只要抱着向上的决心，就可以升到和她

---

　　　①普洛密修斯（Prometheus），希腊神话中半神性之巨人，因盗窃神火，
为宙斯（Zeus）锁系高加索山上。——译者注

同样高的位置。脱下奴隶的服装，摈弃卑贱的思想！我要大放光辉，满身插戴起耀目的金珠来，伺候这位新膺恩命的皇后。我说伺候吗？不，我要和这位女王，这位女神，这位仙娥，这位妖妇调情；她将要迷惑罗马的撒脱尼纳斯，害得他国破身亡。嗳哟！这是一场什么风暴？

【第米屈律斯及祁伦争吵上。

第　　祁伦，你年纪太轻，智慧不足，礼貌全无，不要来妨碍我的好事。

祁　　第米屈律斯，你总是这样蛮不讲理，想用恐吓的手段压倒我。难道我比你小了一两岁，人家就会把我瞧不上眼，你就会比我更幸运吗？我也和你一样会向我的爱人献殷勤，为什么我就不配得到她的欢心？瞧吧，我的剑将要向你证明我对于拉薇妮霞的热情。

亚　　打！打！这些情人们一定要大闹一场哩。

第　　嘿，孩子，虽然我们的母亲一时糊涂，给你佩带了

一柄跳舞用的小剑，你却会不顾死活，用它来威吓

你的兄长吗？算了吧，把你的玩意儿藏在鞘子里，

等你懂得怎样使剑的时候再拿出来吧。

祁　你不要瞧我没有本领，我要让你看看我的勇气。

第　哦，孩子，你居然变得这样勇敢了吗？（二人拔剑）

亚　嗳哟，怎么，两位王子！你们怎么敢在皇宫附近挥刀

弄剑，公然争吵起来？你们反目的原因我完全知道；

即使有人给我百万黄金，我也不愿让那些对于这件

事情最有关系的人知道你们为什么发生争执；你们

的母后也决不愿在罗马的宫廷里被人耻笑。好意思，

还不把剑收起来！

第　不，我非得把我的剑插进他的胸膛，把他在这儿侮

辱我的不逊之言灌进他自己的咽喉里去，决不罢手。

祁　我已经完全准备好了，你这满口狂言的懦夫，你只会

用一条舌头吓人，却不敢使用你的武器。

亚　快去，别闹了！凭着好战的哥斯人所崇拜的神明起

誓，这一场无聊的争吵要把我们一起都毁了。唉，

哥儿们，你们没有想到侵害一位皇子的权利，是一

件多么危险的事吗？嘿！难道拉薇妮霞是一个放荡

的淫妇，巴西安纳斯是一个下贱的庸夫，会容忍你们这样争风吃醋而恬不为意，不向你们问罪报复吗？少爷们，留心点儿吧！皇后要是知道了你们争吵的原因，看她不把你们骂得狗血喷头。

祁　我不管，让她和全世界都知道，我是什么也不顾的；我爱拉薇妮霞胜于整个的世界。

第　小子，你还是去选一个次等点儿的吧；拉薇妮霞是你兄长看中的人。

亚　嗳哟，你们都疯了吗？难道你们不知道在罗马人们是不能容忍情敌存在的吗？我告诉你们，两位王子，你们这样简直是自己讨死。

祁　亚伦，为了得到我所心爱的人，叫我死一千次都愿意。

亚　得到你所心爱的人！怎么得到？

第　这有什么奇怪！她是个女人，所以可以向她调情；她是个女人，所以可以把她勾搭上手；她是拉薇妮霞，所以非爱不可。嘿，朋友！磨夫数不清磨机旁边滚过的流水；偷一片切开了的面包是毫不费事的。虽然巴西安纳斯是皇帝的兄弟，比他地位更高的人也曾戴过绿头巾。

亚　（旁白）嗯，这句话正好说在撒脱尼纳斯身上。

第　那么一个人只要懂得怎样用美妙的言语，风流的仪表，大量的馈赠，猎取女人的心，他为什么要失望呢？嘿！你不是常常射中了一头母鹿，当着看守人的面前把她捉了去吗？

亚　啊，这样看来，你们还是应该乘人不备，把她抢夺过来的好。

祁　嗯，要是这样可以使我们达到目的的话。

第　亚伦，你说得不错。

亚　那么我们为什么要吵个不休呢？听着，听着！你们难道都是傻子，为了这一些事情而互相闹起来吗？照我的意思，与其两败俱伤，还是大家沾些实惠的好。

祁　说老实话，那在我倒也无所不可。

第　我也不反对，只要我自己也有一份儿。

亚　好意思，赶快和和气气的，同心合作，把你们所争夺的人儿拿到手里再说；为了达到你们的目的，这是唯一的策略；你们必须抱定主意，既然事情不能完全适如你们的愿望，就该在可能的范围以内实现你们的企图。让我贡献你们一个意见：这一位拉

薇妮霞，巴西安纳斯的爱妻，是比琉克莉丝①更为
贞洁的；与其在无望的相思中熬受着长期的痛苦，
不如采取一种干脆爽快的行动。我已经想到一个办
法了。两位王子，明天有一场盛大的狩猎，可爱的
罗马女郎们都要一显身手；森林中的道路是广阔而
宽大的，有许多人迹不到的所在，适宜于暴力和奸
谋的活动：你们选定了这么一处地方，就把这头娇
美的小鹿诱到那边去，要是不能用言语打动她的心，
不妨用暴力满足你们的愿望；只有这一个办法可以
有充分的把握。来，来，我们的皇后正在用她天赋
的智慧，一心一意地计划着复仇的阴谋，让我们把
我们想到的一切告诉她，她是决不容许你们同室操
戈的，一定会供给我们一些很好的意见，使你们两
人都能如愿以偿。皇帝的宫庭像荣誉女神的殿堂一
样，充满着无数的唇舌耳目，树林却是冷酷无情，
不闻不见的；勇敢的孩子们，你们在那边说话，动武，

———————

①琉克莉丝（Lucrece），罗马传说中贞洁美慧之女郎，被达昆（Tarquin）
所奸污。莎翁有长诗《琉克莉丝失身记》(The Rape of Lucrece) 咏其
事。——译者注

　　　　　试探你们各人的机会吧，在蔽天的浓荫之下，发泄

　　　　　你们的情欲，从拉薇妮霞的肉体上享受销魂的喜悦。

祁　　　小子，你的主见很好，不失为一个痛快的办法。

第　　　不管良心上说得说不过去，我一定要找到这一个清

　　　　　凉我的欲焰的甘泉，这一道镇定我的情热的灵符。

　　　　　（同下）

第二场 森林

【内号角及猎犬吠声。泰脱斯·安特洛尼格斯率从猎

者及玛格斯，琉歇斯，昆得斯，马歇斯等同上。

泰　　猎人已经准备出发，清晨的天空泛出鱼肚色的曙光，

田野间播散着芳香，树林是绿沉沉的一片。在这儿

放开猎犬，让它们吠叫起来，催醒皇上和他的可爱

的新娘，用号角的和鸣把皇子唤起，让整个宫庭都

震响着回声。孩儿们，你们须要小心伺侯皇上；昨

天晚上我睡梦不安，可是天明已经鼓起我新的欢悦。

（猎犬群吠，号角齐鸣）

【撒脱尼纳斯，妲摩拉，巴西安纳斯，拉薇妮霞，第

米屈律斯，祁伦及侍从等上。

泰　　陛下早安！娘娘早安！我答应陛下用猎人的合奏乐

把你们唤醒的。

撒　　你奏得很卖力，将军；可是对于新婚的少妇们，未免

早得太杀风景了。

巴　　拉薇妮霞，你怎么说？

拉　　我说不；我已经完全清醒了两个多时辰了。

撒　　那么来，备起马儿和车子来，我们立刻出发打猎去。

（向妲）御妻，现在你可以看看我们罗马人的打猎了。

玛　　陛下，我有几头猛犬，善于搜逐最勇壮的豹子，攀登最峻峭的山崖。

泰　　我有几匹好马，能够绝尘飞步，像燕子一样掠过原野，追踪逃走的野兽。

第　　（旁白）祁伦，我们不用犬马打猎，我们的目的只是要捉住一头娇美的小鹿。（同下）

第三场 森林中之僻静部分

【亚伦持黄金一袋上。

亚　　聪明的人看见我把这许多金子埋在一株树下，自己
　　　将来永远没有享用它的机会，一定以为我是个没有
　　　头脑的傻瓜。让这样瞧不起我的人知道，这一堆金
　　　子是要铸出一个计策来的，要是这计策运用得巧妙，
　　　可以造成一件非常出色的恶事。躺着，好金子，让
　　　那得到这一笔从皇后的银箱里搬出来的布施的人不
　　　得安宁吧。（埋金）

【妲摩拉上。

妲　　我的可爱的亚伦，万物都在夸耀着它们的欢乐，你
　　　为什么郁郁不快呢？小鸟在每一株树上吟唱歌曲；
　　　花蛇卷起了身体安眠在温和的阳光之下；青青的树
　　　叶因凉风吹过而颤动，在地上织成了纵横交错的影
　　　子。在这样清静的树阴底下，亚伦，让我们坐下来；

当饶舌的回声仿效着猎犬的长嗥，向和鸣的号角发出尖锐的答响，仿佛有两场狩猎正在同时进行的时候，让我们坐着倾听他们嘶叫的声音。正像黛陀和她的流浪的王子①受到暴风雨的袭击，躲避在一座秘密的山洞里一样，我们也可以彼此拥抱在各人的怀里，在我们的游戏完毕以后，一同进入甜蜜的梦乡；猎犬，号角，和婉转清吟的小鸟，合成了一阕催眠的歌曲，抚着我们安然睡去。

亚　娘娘，虽然维纳斯主宰着你的欲望，我的心却为撒登②所占领。我的凝止的眼睛，我的静默，我的阴沉的忧郁，我的根根耸起的蓬松的头发，就像展开了身体预备咬人的毒蛇一样，这些都表示着什么呢？不，娘娘，这些不是情欲的征兆；杀人的恶念藏在我的心头，死亡握在我的手里，流血和复仇在

---

①黛陀（Dido），古代迦泰基（Carthage）女王，恋伊尼阿斯（Æneas）；后者为维琪尔（Virgil）史诗 *Æneid* 中之英雄，即此处所称之流浪王子。——译者注

②撒登（Saturn），罗马农神，在星座中为土星；西方术士以为土星主命之人，多具有冷酷阴郁之性格。——译者注

我的脑中震荡。听着，姐摩拉，我的灵魂的皇后，

你的怀中便是我的灵魂的归宿，它不希望更有其他

的天堂；今天是巴西安纳斯的末日，他的菲萝美拉①

必须失去她的舌头，你的儿子们将要破坏她的贞操，

在巴西安纳斯的血泊中洗手。你看见这封信吗？这

里面藏着恶毒的阴谋，请你把它收起来交给那皇帝。

不要多问，有人看见我们了；这儿来了一双我们安

排捕捉的猎物，他们还没有想到他们生命的毁灭就

在眼前。

姐　啊！我的亲爱的摩尔人，你是我的比生命更可爱的

人儿。

亚　不要说下去啦，大皇后；巴西安纳斯来了。你先找

一些借口，跟他拌起嘴来；我就去找你的儿子来帮

你吵架。（下）

---

① 菲萝美拉（Philomela），古代传说中之亚的加（Attica）公主，其

姐夫替吕厄斯（Tereus）涎其美色，奸之而割其舌，菲萝美拉以其遭遇

织为文字，制衣赠其姊帕洛肯（Procne），帕洛肯杀子而与菲萝美拉偕遁；

天神闻其吁告，使菲萝美拉化为夜莺，帕洛肯化为燕子。——译者注

【巴西安纳斯及拉薇妮霞上。

巴　　什么人在这儿？罗马的尊严的皇后，没有一个侍从卫
　　　护她吗？或者是黛安娜女神摹仿着她的装束，离开
　　　天上的树林，到这里的林中来参观我们的狩猎吗？

妲　　好大胆的狂徒，竟敢窥探我的私人的行动！要是我
　　　有像人家所说黛安娜所有的那种力量，我就要立刻
　　　叫你的头上长起角来，让猎犬把你追逐，你这无礼
　　　的闯入者！

拉　　恕我说句话，好娘娘，人家都在疑心您跟您那摩尔
　　　人正在作什么实验，要替什么人安上角去呢。乔武保
　　　佑尊夫，让他今天不要被他的猎犬追逐！要是它们
　　　把他当作了一头公鹿，那可槽啦。

巴　　相信我，娘娘，您那黑奴已经使您的名誉变了颜色，
　　　像他身体一样污秽可憎了。为什么您要摈斥您的侍
　　　从，降下您的雪白的骏马，让一个野蛮的摩尔人陪
　　　伴着您跑到这一个幽僻的所在，倘不是因为受着您
　　　的卑劣的欲念的引导？

拉　　因为你们的好事被我们撞破了，无怪您要嗔骂我的
　　　丈夫的无礼啦。来，我们去吧，让她去和她的乌鸦

一般的爱人尽情作乐，这幽谷是一个再适当不过的地方。

巴　我的皇兄必须知道这件事情。

拉　好皇帝，遭到这样重大的耻辱！

姐　为什么我要忍受你们这样的侮蔑呢？

【第米屈律斯及祁伦上。

第　怎么，亲爱的母后！您的脸上为什么这样惨淡失色？

姐　你们想想我应不应该脸色惨淡？这两个人把我骗到了这个所在，一个荒凉可憎的幽谷！你们看，虽然是夏天，这些树木却是萧条而枯瘦的，青苔和寄生树侵蚀了它们的生机；这儿从来没有太阳照耀；这儿没有生物繁殖，除了夜枭和不祥的乌鸦。当他们把这个可怕的幽谷指点给我看的时候，他们告诉我，这儿在沉寂的深宵，有一千个妖魔，一千条咝咝作声的蛇，一万头臃肿的虾蟆，一万只刺猬，同时发出惊人而杂乱的叫声，无论什么人一听见了，不是立刻发疯就要当场吓死。他们告诉了我这样可怕的故事以后，就对我说，他们要把我缚在一株阴森的杉树上，让我在这种恐怖之中死去；于是他们称我为万恶的淫妇，放荡的哥斯女人，和一切诸如此类凡是人们耳中所曾经听见过的最恶毒的名字；倘不是神奇的命运使你们到这里来，他们早就向我下这样的毒手了。你们要是爱你们母亲的生命，快替我复仇吧，否则从此以后，你们再也不要算是我的孩子。

第　　这可以证明我是你的儿子。（刺巴）

祁　　这一剑直中要害，可以证明我的本领。（刺巴，巴死）

拉　　啊，来，妖妇！不，野蛮的姐摩拉，因为只有你自己的名字最能够表现你恶毒的天性。

姐　　把你的短剑给我；你们将要知道，我的孩子们，你们的母亲将要亲手报复她的仇恨。

第　　且慢，母亲，我们还不能就让她这样死了；先把谷粒打出，然后再把稻草烧去。这丫头自负贞洁，胆敢冲撞母后，难道我们就让她带着她的贞洁到她的坟墓里去吗？

祁　　要是让她这样清清白白死去，我宁愿我是一个太监。把她的丈夫拖到一个僻静的洞里，让他的尸体作为我们纵欲的枕垫吧。

妲　　可是当你们采到了你们所需要的蜜汁以后，不要放
　　　这黄蜂活命；她的刺会伤害我们的。

祁　　您放心吧，母亲，我们决不留着她危害我们。来，
　　　娘子，现在我们要用强力欣赏欣赏您那用心保存着
　　　的贞洁了。

拉　　啊，姐摩拉！你生着一张女人的脸孔，——

妲　　我不要听她说话；把她带下去！

拉　　两位好王子，求求她听我说一句话。

第　　听着，美人儿，母亲，她的流泪便是您的光荣；但愿
　　　她的泪点滴在您的心上，就像雨点打在无情的顽石
　　　上一样。

拉　　乳虎也会教训起它的母亲来了吗？啊！不要学她的
　　　残暴；是她把你教成这个样子；你从她胸前吮吸的
　　　乳汁都变成了石块；当你乳哺的时候，你的凶恶的
　　　天性已经锻成了。可是每一个母亲不一定生同样的
　　　儿子；（向祁）你求求她显出一点女人的慈悲来吧！

祁　　什么！你要我证明我自己是一个异种吗？

拉　　不错！乌鸦是孵不出云雀来的。可是我听见人家说，

狮子受到慈悲心的感动，会容忍他的尊严的脚爪被人剪去；唉！要是果然有这样的事，那就好了。有人说，乌鸦常常抚育被遗弃的孤雏，却让自己的小鸟在巢中受饿；啊！虽然你的冷酷的心不许你对我这样仁慈，可是请你稍微发一些怜悯吧！

姮　　我不知道怜悯是什么意思；把她带下去！

拉　　啊，让我劝导你！看在我父亲的脸上，他曾经在可以把你杀死的时候宽宥你的生命，不要固执，开开你的聋去了的耳朵吧！

姮　　即使你自己从不曾得罪我，为了他的缘故，我也不能对你容情。记着，孩子们，我徒然抛掷了滔滔的热泪，想要把你们的哥哥从罗马人的血祭中间拯救出来，却不能使凶恶的安特洛尼格斯改变他的初衷。所以，把她带下去，尽你们的意思蹂躏她；你们越是把她作践得痛快，我越是喜爱你们。

拉　　姮摩拉啊！愿你被称为一位仁慈的皇后，用你自己的手就在这地方杀了我吧！因为我向你苦苦哀求的并不是生命，当巴西安纳斯死了以后，可怜的我活着也就和死去一般的了。

姐　　那么你求些什么呢？傻女人，放了我。

拉　　我要求立刻的死；我还要求一件女人的羞耻使我不能出口的事。啊！不要让我在他们手里遭受比死还难堪的羞辱；把我丢在一个污秽的地窟里，永不要让人们的眼睛看见我的身体；做一个慈悲的杀人犯，答应我这一个要求吧！

姐　　那么我就要剥夺了我的好儿子们的利权了。不让他们在你的身上满足他们的欲望吧。

第　　快去！你已经使我们在这儿等得太久了。

拉　　没有慈悲！没有妇道！啊，禽兽不如的东西，全体女性的污点和仇敌！——

祁　　哼，那么我可要塞住你的嘴了。哥哥，你把她丈夫的尸体搬过来；这就是亚伦叫我们把他掩埋的地窟。

（第将巴尸体掷入穴内；第、祁二人拖拉薇妮霞同下）

姐　　再会，我的孩子们；留心不要放她逃走。让我的心头永远不知道有愉快存在，直到安特洛尼格斯全家死得不留一人。现在我要去找我的可爱的摩尔人，让我的暴怒的儿子们去攀折这一枝败柳残花。（下）

【亚伦率昆得斯及马歇斯同上。

亚　　来，两位公子，看谁走得快。我立刻就可以带领你们

　　　　到那我看见有一头豹子在那儿熟睡的洞口。

昆　　我的眼光十分模糊，不知道是什么预兆。

马　　我也是这样。说来惭愧，我真想停止了打猎，找个

　　　　地方瞌睡一会儿。（失足堕入穴内）

昆　　什么！你跌下去了吗？这是一个什么幽深莫测的地

　　　　穴，洞口遮满了蔓生的荆棘，那叶子上还染着一滴

　　　　滴的鲜血，像花瓣上的朝露一样新鲜？看上去这似

　　　　乎是一处很危险的所在。说呀，兄弟，你跌伤了没有？

马　　啊，哥哥！我碰在一件东西上碰伤了，这东西瞧上去

　　　　才叫人触目惊心。

亚　　（旁白）现在我要去把那皇帝带来，让他看见他们在

　　　　这里，他一定会猜想是他们两人杀死了他的兄弟。（下）

马　　你为什么不安慰安慰我，帮助我从这邪恶的血污的

　　　　地穴里出来？

昆　　一阵无端的恐惧侵袭着我，冷汗淋透了我的颤栗的

　　　　全身；我的眼前虽然一无所见，我的心里却充满了

　　　　惊疑。

马　　为了证明你有一颗善于预料的心，请你和亚伦两人

　　　向这地穴里一望，就可以看见一幅血与死的可怖的

　　　景象。

昆　　亚伦已经去了；我的恻隐之心使我不忍观望那在推

　　　测之中已经使我颤栗的情状。啊！告诉我是怎么一

　　　回事；我从来不曾像现在一样孩子气，害怕着我所

　　　不知道的事情。

马　　巴西安纳斯殿下僵卧在这可憎的黑暗的饮血的地穴

　　　里，知觉全无，像一头被宰的羔羊。

昆　　地穴既然是黑暗的，你怎么知道是他？

马　　在他的流血的手指上带着一枚宝石的指环，它的光

　　　彩照亮了地窟的全部；正像一支墓穴里的蜡烛一般，

　　　它照出了已死者的泥土色的脸颊，也照见了地窟里

　　　凌乱的一切；当匹拉麦斯①躺在处女的血泊中的晚

　　　上，那月亮的颜色也是这么惨淡的。啊，哥哥！恐

　　　惧已经使我失去力气，要是你也是这样，快用你无

---

　　① 匹拉麦斯（Pyramus），传说中之情人，与其所爱女郎双双情死；事
见《仲夏夜之梦》。——译者注

力的手把我拉出了这个吃人的洞府，它是像一张喷

着妖雾的魔口一样可怕的。

昆 把你的手伸上来给我抓住了，好让我拉你出来，否则

因为我自己也提不起劲儿，怕会翻下了这个幽深的

黑洞，可怜的巴西安纳斯的坟墓里去。我没有力气

把你拉上洞口。

马 没有你的帮助，我也没有力气爬上来。

昆 再把你的手给我；这回我倘不把你拉出洞外，拼着

自己也跌下去，再不放松了。（跌下穴内）

【亚伦率撒脱尼纳斯重上。

撒 跟我来；我要看看这儿是个什么洞，跳下去的是个

什么人。喂，你是什么人，跳下了这个地窟里去？

马 我是老安特洛尼格斯的倒霉的儿子，在一个不幸的

时辰被人带到这里来，发现你的兄弟巴西安纳斯

死了。

撒 我的兄弟死了！我知道你在开顽笑。他跟他的夫人

都在这猎场北首的茅屋里，我在那边离开他们还不

上一小时。

马　　我们不知道你在什么地方看见他们好好儿地活着；可
　　　是唉！我们却在这里看见他死了。

【妲摩拉率侍从，及泰脱斯·安特洛尼格斯，琉歇斯
　同上。

妲　　我的皇上在什么地方？

撒　　这儿，妲摩拉；重大的悲哀使我痛不欲生。

妲　　你的兄弟巴西安纳斯呢？

撒　　你触到了我的心底的创痛；可怜的巴西安纳斯躺在
　　　这儿被人谋杀了。

妲　　那么我把这一封致命的书信送来得太迟了，（以一
　　　信交撒）这里面藏着造成这一幕出人意外的悲剧的
　　　阴谋；真奇怪一个人可以用满脸的微笑，遮掩着这
　　　种杀人的恶意。

撒　　"万一事情决裂，好猎人，请你替他掘下坟墓；我
　　　们说的是巴西安纳斯，你懂得我们的意思。在那覆
　　　罩着巴西安纳斯葬身的地穴的一株大树底下，你只

要拨开那些荨麻，便可以找到你的酬劳。照我们的话办了，你就是我们永久的朋友。"啊，姐摩拉！你听见过这样的话吗？这就是那个地穴，这就是那株大树。来，你们大家快去给我搜寻那杀死巴西安纳斯的猎人。

亚　　禀陛下，这儿有一袋金子。

撒　　（向泰）都是你生下这一双狼心狗肺的孽畜，把我的兄弟害了。来，把他们从这地穴里拖出来，关在监牢里，等我们想出一些闻所未闻的酷刑来处置他们。

姐　　什么！他们就在这地穴里吗？啊，奇事！杀了人这么容易就发觉了！

泰　　陛下，让我这衰弱的双膝向您下跪，用我不轻抛掷的眼泪请求这一个恩典：要是我这两个罪该万死的逆子果然犯下了这样重大的过恶，要是有确实的证据证明他们的罪状，——

撒　　要是有确实的证据！事实还不够明白吗？这封信是谁找到的？姐摩拉，是你吗？

姐　　安特洛尼格斯自己从地上拾起来的。

泰　　是我拾起来的，陛下。可是让我做他们的保人吧；凭着我的祖先的坟墓起誓，他们一定随时听候着陛下的传唤，准备用他们的生命洗刷他们的嫌疑。

撒　你不能保释他们。跟我来；把被害者的尸体抬走，那两个凶手也带了去。不要让他们说一句话；他们的罪状已经很明显了。凭着我的灵魂起誓，要是人间有比死更痛苦的结局，我一定要叫他们尝尝那样的滋味。

妲　安特洛尼格斯，我会向皇上说情的；不要为你的儿子们担忧，他们一定可以平安无事。

泰　来，琉歇斯，来；快走，别跟他们说话。（各下）

第四场　森林的另一部分

【第米屈律斯，祁伦，及拉薇妮霞上；拉薇妮霞已

奸污，两手及舌均被割去。

第　　现在你的舌头要是还会讲话，你去告诉人家谁奸污

　　　你的身体，割去你的舌头吧。

祁　　要是你的断臂还会握笔，把你心里的话写了出来吧。

第　　瞧，她还会做手势呢。

祁　　回家去，叫他们替你拿些香水洗手。

第　　她没有舌头可以叫，也没有手可以洗，所以我们还

　　　是让她静悄悄地走她的路吧。

祁　　要是我在她的地位，我一定去上吊了。

第　　那还要看你有没有手可以帮助你把绳子打结。（第、

　　　祁同下）

【玛格斯上。

玛　　这是谁，跑得这么快？是我的侄女吗？侄女，跟你说

一句话；你的丈夫呢？要是我在做梦，但愿我所有的财富能够把我惊醒！要是我现在醒着，但愿一颗行星砸在我头上，让我从此长眠不醒！说，温柔的侄女，那一只凶狠无情的毒手砍去了你身体上秀美的双肢，那一对可爱的装饰品，它们的柔荫的环抱之中，是君王们所追求的温柔仙境？为什么不对我说话？嗳哟！一道殷红的血流，像被风激起泡沫的泉水一样，在你的两片蔷薇色的嘴唇之间浮沉起伏，随着你的甘美的呼吸而涨落。一定是那一个替吕厄斯蹂躏了你，因为怕你宣布他的罪恶，才把你的舌头割下。啊！现在你因为羞愧而把你的脸转过去了；虽然你的血从三处管孔里同时奔涌，你的脸庞仍然像迎着浮云的太阳的酡颜一样绯红。要不要我替你说话？要不要我说，事情果然是这样的？唉！但愿我知道你的心思；但愿我知道那害你的禽兽，那么我也好痛骂他一顿，出出我的气恨。郁结不发的悲哀正像闷塞了的火炉一样，会把一颗心烧成灰烬。美丽的菲萝美拉不过失去了她的舌头，她却会不怕厌烦，一针一线地织出她的悲惨的遭遇；可是，可爱的侄女，你已经拈不起针线来了，你所遇见的是一个更奸恶的替吕厄斯，他已经把你那比菲萝美拉更善于针织的娇美的手指截去了。啊！要是那恶魔曾经看见这双百合花一样的织手像颤栗的白杨叶般弹弄着琵琶，使那一根根丝弦乐于和它们亲吻，他一定不忍伤害它们；要是他曾经听见从那美妙的舌端吐露出来的天乐，他一定会丢下他的刀子，昏昏沉沉地睡去。来，让我们去，使你的父亲成为盲目吧，因为这样的惨状是会使一个父亲的眼睛昏眩的；一小时的暴风雨就会淹没了芬芳的牧场，你父亲的眼睛怎么经得起经年累月的泪涛泛滥呢？不要退后，因为我们将要陪着你悲伤；唉！要是我们的悲伤能够减轻你的痛苦就好了！（同下）

第三幕

纵然我们彼此相怜，谁都
是爱莫能助，正像地狱底
的幽魂盼不到天堂的幸福。

第一场 罗马；街道

【元老，护民官，及法警等押马歇斯及昆得斯绑缚上，
　向刑场前进；泰脱斯前行哀求。

泰　听我，尊严的父老们！尊贵的护民官们，等一等！可
　　怜我这一把年纪吧！当你们高枕安卧的时候，我曾
　　经在危险的沙场上抛掷我的青春；为了我在罗马伟
　　大的战役中所流的血，为了我枕戈待旦的一切霜露
　　的深宵，为了现在你们所看见的，这些填满在我脸
　　上衰老的皱纹里的苦泪，求求你们向我这两个定了
　　罪的儿子大发慈悲吧，他们的灵魂是并不像你们所
　　想像的那样堕落的。我已经失去了二十二个儿子，
　　我不曾为他们流一点泪，因为他们是死在光荣的高
　　贵的眠床上。为了这两个，这两个，各位护民官，
　　（投身地上）我在泥土上写下我的深心的苦痛和我
　　的灵魂的悲哀之泪。让我的眼泪浇息了大地的干渴，
　　我的孩子们的亲爱的血液将会使它羞愧而脸红。（元

老护民官等及二囚犯同下）大地啊！从我这两口古罂之中，我要倾泻出比四月的春天更多的雨水灌溉你；在苦旱的夏天，我要继续向你淋洒；在冬天我要用热泪融化冰雪，让永久的春光留驻在你的脸上，只要你拒绝喝下我的亲爱的孩子们的血液。

【琉歇斯拔剑上。

泰　　可尊敬的护民官啊！善良的父老们啊！松了我的孩子们的绑缚，撤销死罪的判决吧！让我这从未流泪的人说，我的眼泪现在变成打动人心的辩士了。

琉　　父亲啊，您这样哀哭是无济于事的；护民官们不听见您，一个人也不在近旁；您在向一块石头诉述您的悲哀。

泰　　啊！琉歇斯，让我为你的兄弟们哀求。尊严的护民官们，我再向你们作一次求告，——

琉　　父亲，没有一个护民官在听您说话哩。

泰　　嗨，那又有什么关系呢？即使他们听见，他们也不会注意我的话；即使他们注意我的话，他们也不会怜悯我；可是我必须向他们哀求，虽然我的哀求是毫无结果的。所以我向石块们诉述我的悲哀，它们不能解除我的痛苦，可是比起那些护民官来还是略胜一筹，因为它们不会打断我的话头；当我哭泣的时候，它们谦卑地在我的脚边承受我的眼泪，仿佛在陪着我哭泣一般；要是它们也披上了庄严的法服，罗马没有一个护民官可以比得上它们；石块是像蜡一样柔软的，护民官的心肠却比石块更坚硬；石块是沉默而不会侵害他人的，护民官却会掉弄他们的舌头，把无辜的人们宣判死刑。（起立）可是你为什么把你的剑拔在手里？

琉　我想去把我的两个兄弟劫救出来；那些法官们因为我作了这样的尝试，已经宣布把我永远放逐。

泰　幸运的人啊！他们在照顾你哩。嘿，愚笨的琉歇斯，你不看见罗马只是一大片猛虎出没的荒野吗？猛虎是一定要饱腹的；罗马除了我和我们一家的人以外，再没有别的猎物可以充塞它们的馋吻了。你现在放逐他乡，远离这些吃人的野兽，才是多大的幸运！可是谁跟着我的兄弟玛格斯来啦？

【玛格斯及拉薇妮霞上。

玛　　泰脱斯，让你的老眼准备流泪，要不然的话，让你高贵的心准备碎裂吧；我带了毁灭你的暮年的悲哀来了。

泰　　它会毁灭我吗？那么让我看看。

玛　　这本来是你的女儿。

泰　　嗳哟，玛格斯，她现在还是我的女儿。

琉　　好惨！我可受不住啦。

泰　　没有勇气的孩子，起来，瞧着她。说，拉薇妮霞，那一只可咒诅的毒手使你在你父亲的眼前变成一个没有手的人？那一个傻子挑了水倒在海里，或是向火光烛天的特洛埃城中丢进一束柴去？在你未来以前，我的悲哀已经达到了顶点，现在它像尼罗河一般，泛滥过一切的界限了。给我一柄剑，我要把我的手也砍下了；因为它们曾经为罗马出过死力，结果却是一无所得；在无益的祈求中，我曾经把它们高高举起，可是它们对我一点没有用处；现在我所要叫它们做的唯一的事，是让这一只手把那一只手砍了。拉薇妮霞，你没有手也好，因为曾经为国家出力的手，在罗马是不被重视的。

琉　　说，温柔的妹妹，谁害得你这个样子？

玛　　啊！那善于用敏妙的辩才宣达她的思想的可爱的器
　　　官，那曾经用柔曼的歌声迷醉世人耳朵的娇鸣的小
　　　鸟，已经从那美好的笼子里拉去了。

琉　　啊！你替她说谁干了这样的事？

玛　　啊！我看见她在林子里仓皇奔走，正像现在这样子，
　　　想要把自己躲藏起来，就像一头鹿受到了不治的重
　　　伤一样。

泰　　那是我的爱宠；谁伤害了她，给我的痛苦甚于杀死
　　　我自己。现在我像一个人站在一块岩石上一样，周
　　　围是一片汪洋的大海，那海潮愈涨愈高，每一秒钟
　　　都会有一阵无情的浪涛把他卷下了白茫茫的波心。
　　　我的不幸的儿子们已经从这一条路上向死亡走去
　　　了；这儿站着我的另一个儿子，一个被放逐的流亡
　　　者；这儿站着我的兄弟，为了我的恶运而悲泣；可
　　　是那使我的心灵受到最大的打击的，却是亲爱的拉
　　　薇妮霞，比我的灵魂更亲爱的。要是我看见人家在
　　　图画里把你画成这个样子，它也会使我发疯；现在

我看见你这一副活生生的惨状，我应该怎样才好呢？你没有手可以揩去你的眼泪，也没有舌头可以告诉我谁害了你。你的丈夫他已经死了，为了他的死你的兄弟们也被判死罪，这时候也早没有命了。瞧！玛格斯；啊，琉歇斯我儿，瞧着她：当我提起她的兄弟们的时候，新的眼泪又滚下她的颊上，正像甘露滴在一朵被人攀折的憔悴的百合花上一样。

玛　　也许她流泪是因为他们杀死了她的丈夫；也许因为她知道他们是无罪的。

泰　　要是他们果然杀死了你的丈夫，那么高兴起来吧，因为法律已经给他们惩罚了。不，不，他们不会干这样卑劣的行为；瞧他们的姊姊在流露着多大的伤心。温柔的拉薇妮霞，让我吻你的嘴唇，或者指示我怎样可以给你一些安慰。要不要让你的好叔父，你的哥哥琉歇斯，还有你，我，大家在一个水池旁边团团坐下，瞧瞧我们映在水中的脸庞，瞧它们怎样为泪痕所污，正像洪水新退以后，牧场上还残留着许多潮湿的黏土一样？我们要不要向着池水伤心落泪，让那澄澈的流泉失去它的清冽的味道，变成了

一泓咸水？或者我们要不要也像你一样砍下我们的
手？或是咬下我们的舌头，在无言的沉默中消度我
们可憎的残生？我们应该怎样做？让我们这些有舌
的人商议出一些更多的苦难来加在我们自己身上，
留供后世人们的嗟叹吧。

琉　　好爸爸，别哭了吧；瞧我那可怜的妹妹又被您逗得
　　　呜咽痛哭起来了。

玛　　宽心点儿，亲爱的侄女。好泰脱斯，揩干你的眼睛。

泰　　啊！玛格斯，玛格斯，弟弟；我知道你的手帕再也
　　　收不进我的一滴眼泪，因为你，可怜的人，已经用
　　　你自己的眼泪把它浸透了。

琉　　啊！我的拉薇妮霞，让我揩干你的脸庞吧。

泰　　瞧，玛格斯，瞧！我懂得她的意思。要是她会讲话，
　　　她现在要对她的哥哥这样说：她的手帕已经满揾着
　　　他的伤心的眼泪，拭不干她颊上的悲哀了。唉！纵
　　　然我们彼此相怜，谁都是爱莫能助，正像地狱底的
　　　幽魂盼不到天堂的幸福。

【亚伦上。

亚　　泰脱斯·安特洛尼格斯，我奉皇上之命，向你传达
　　　他的旨意：要是你爱你那两个儿子，只要让玛格斯，
　　　琉歇斯，或是你自己，年老的泰脱斯，你们任何一
　　　人砍下一只手来，送到皇上面前，他就可以赦免你
　　　的儿子们的死罪，把他们送还给你。

泰　　啊，仁慈的皇帝！啊，善良的亚伦！乌鸦也会唱出
　　　云雀的歌声，报知日出的喜讯吗？很好，我愿意把我
　　　的手献给皇上。好亚伦，你肯帮助我把它砍下来吗？

琉　　且慢，父亲！您那高贵的手曾经推倒无数的敌人，不
　　　能把它砍下，还是让我的手代替了吧。我比您年青
　　　力壮，流一些血还不大要紧，所以应该让我的手去
　　　救赎我的兄弟们的生命。

玛　　你们两人的手谁不曾保卫罗马，高挥着流血的战斧，
　　　在敌人的堡垒上写下了毁灭的命运？啊！你们两人
　　　的手都曾建立赫赫的功业，我的手却无所事事，让
　　　它去赎免我的侄儿们的死罪吧；那么我总算也叫它
　　　干了一件有意义的事了。

亚　　来，来，快些决定把那一个人的手送去，否则也许

赦令未下，他们早已死了。

玛　　把我的手送去。

琉　　凭着上天起誓，这不能。

泰　　你们别闹啦；像这样的枯枝败梗，才是适宜于樵夫
　　　的刀斧的，还是把我的手送去吧。

琉　　好爸爸，要是您认我是您的儿子，让我把我的兄弟
　　　们从死亡之下救赎出来。

玛　　为了我们去世父母的缘故，让我现在向你表示一个
　　　兄弟的友爱。

泰　　那么由你们两人去决定吧！我就保留下我的手。

琉　　那么我去找一柄斧头来。

玛　　可是那斧头是要让我用的。（琉、玛下）

泰　　过来，亚伦；我要把他们两人都骗了过去。帮我一帮，
　　　我就把我的手给你。

亚　　（旁白）要是那也算是欺骗的话，我宁愿一生一世
　　　做个老实人，再也不这样欺骗人家；可是我要用另
　　　一种手段欺骗你，不上半小时就可以让你见个分晓。

　　　（砍下泰手）

【琉歇斯及玛格斯重上。

泰　　现在你们也不用争执了，应该做的事情已经做好。
　　　好亚伦，把我的手献给皇上陛下，对他说那是一只
　　　曾经替他抵御过一千种危险的手，叫他把它埋了；
　　　它应该享受更大的荣宠，这样的要求是不该拒绝的。
　　　至于我的儿子们，你说我认为他们是用低微的代价
　　　买来的珍宝，可是因为我用自己的血肉换到他们的
　　　生命，所以他们的价值仍然是贵重的。

亚　　我去了，安特洛尼格斯；你牺牲了一只手，等着它换
　　　来你的两个儿子吧。（旁白）我的意思是说他们的头。
　　　啊！我一想到这一场恶计，就觉得浑身通泰。让傻
　　　瓜们去行善，让小白脸们去向神明献媚吧，亚伦宁
　　　愿让他的灵魂黑得像他脸庞一样。（下）

泰　　啊！我向天举起这一只手，把这衰老的残躯向大地
　　　俯伏：要是那一尊神明怜悯我这不幸的人所挥的眼
　　　泪，我要向他祈求！（向拉）什么！你也要陪着我
　　　下跪吗？很好，亲爱的，因为上天将要垂听我们的
　　　祷告，否则我们要用叹息嘘成浓雾，把天空遮得一
　　　片昏沉，使太阳失去他的光辉，正像有时浮云把他

拥抱起来一样。

玛　　唉！哥哥，不要疯疯颠颠地，讲这些无关实际的话了；让理智控制你的悲痛吧。

泰　　要是理智可以向我解释这一切灾祸，我就可以约束我的悲痛。当上天哭泣的时候，地上不是要泛滥着大水吗？当狂风怒号的时候，大海不是要发起疯来，鼓起了它的脸庞向天空恫吓吗？你要知道我这样叫闹的理由吗？我就是海；听她的叹息在括着多大的风；她是哭泣的天空，我就是大地：我这海水不能不被她的叹息所激动，我这大地不能不因为她的不断的流泪而泛滥沉没，因为我的肠胃容纳不下她的辛酸，我必须像一个醉汉似的把它们呕吐出来。所以由着我吧，因为失败的人必须得到许可，让他们用愤怒的言辞发泄他们的怨气。

【一使者持二头一手上。

使者　尊贵的安特洛尼格斯，你把一只好端端的手砍下来献给皇上，白白作了一次无益的牺牲。这儿是你那两个好儿子的头颅，这儿是你自己的手，为了讥笑你的缘故，他们叫我把它们送还给你。你的悲哀是他们的顽笑，你的决心被他们所揶揄；我一想到你的种种不幸就觉得伤心，简直比回忆我的父亲的死还要难过。（下）

玛　　现在让厄脱那火山在西西里冷却，让我的心变成一座永远焚烧的地狱吧！这些灾祸不是人力所能忍受的。陪着哭泣的人流泪，多少会使他感到几分安慰，可是满心的怨苦被人嘲笑，却是双重的死刑。

琉　　唉！这样的惨状能够使人心魂摧裂，可憎恶的生命却还是守住这皮囊不肯脱离；生活已经失去了意义，却还要在这世上吞吐着这一口气，做一个活受罪的死鬼。（拉吻泰）

玛　　唉，可怜的人儿！这一个吻正像把一块冰送进饿蛇的嘴里，一点不能安慰他。

泰　　这可怕的噩梦几时才可以做完呢？

玛　　现在再用不到自己欺骗自己了。死吧，安特洛尼格斯；你不是在做梦。瞧，你的两个儿子的头，你的握惯刀剑的手，这儿还有你的被人残害了的女儿；

你那一个被放逐的儿子，看着这种惨酷的情景，已经脸无人色了；你的兄弟，我，也像一座石像一般无言而僵冷。啊！现在我再不劝你抑制你的悲哀了。撕下你的银色的头发，用你的牙齿咬着你那残余的一只手吧；让这凄凉的景象闭住了我们生不逢辰的眼睛！现在是掀起风暴来的时候，你为什么一声不响呢？

泰　哈哈哈！

玛　你为什么笑？这在现在是不相宜的。

泰　嘿，我的泪已经流完了；而且这悲哀是一个敌人，它会窃据我的潮润的眼睛，用滔滔的泪雨蒙蔽我的视觉，使我找不到复仇的路径。因为这两颗头颅似乎在向我说话，恐吓我要是我不让那些害苦我们的人亲身遍历我们现在所受的一切惨痛，我将要永远享不到天堂的幸福。来，让我想一想我应该怎样进行我的工作。你们这些忧郁的人，都来聚集在我的周围，我要对着你们每一个人用我的灵魂宣誓，我将要为你们复仇。我的誓已经发下了。来，兄弟，你拿着一颗头；我用这一只手托住那一颗头。拉薇妮

霞，你也要帮我们做些事情，把我的手衔在你的嘴
里，好孩子。至于你，孩子，赶快离开我的眼前吧；
你是一个被放逐的人，你不能停留在这里。到哥斯
人那边去，调集起一支军队来。要是你爱我，让我
们一吻而别，因为我们还有许多事情要做哩。（泰、
玛、拉同下）

琉　　别了，安特洛尼格斯，我的高贵的父亲，罗马最不
幸的人！别了，骄傲的罗马！琉歇斯舍弃了他的比
生命更宝贵的亲人，有一天他将要重新回来。别了，
拉薇妮霞，我的贤淑的妹妹；啊！但愿你仍旧像从
前一样！可是现在琉歇斯和拉薇妮霞都必须被世人
所遗忘，在痛苦的忧愁里度日了。要是琉歇斯不死，
他一定会为你复仇，叫那骄傲的撒脱尼纳斯和他的
皇后在罗马城前匍匐求怜。现在我要到哥斯人那边
去调集军队，向罗马和撒脱尼纳斯报复这天大的奇
冤。（下）

第二场　同前；泰脱斯家中一室，

　　　　　桌上餐殽罗列

【泰脱斯，玛格斯，拉薇妮霞，及小琉歇斯上。

泰　　好，好，现在坐下来；你们不要吃得太多，只要能够维持我们充分的精力，报复我们的大仇深恨就得啦。玛格斯，放开你那被悲哀纠结着的双手；你的侄女跟我两个人，可怜的东西，都是缺手的人，不能用交叉的手臂表示我们十重的悲伤。我只剩下这一只可怜的右手，在我的胸前逞弄它的威风；当我的心因为载不起如许的苦痛，而在我的肉体的囚室里疯狂跳跃的时候，我这手就会把它使劲捶打下去。（向拉）你这苦恼的化身，你在用符号向我们说话吗？你的意思是说，当你那可怜的心发狂般跳跃的时候，你不能捶打它叫它静止下来。用叹息刺伤它，孩子，用呻吟杀死它吧；或者你可以用你的牙齿咬起一柄小刀来，对准你的心口划一个洞，让你那可怜的眼睛里流下来的眼泪一起从这洞里滚了进去，让这痛哭的愚人在苦涩的泪海里淹死。

玛　　嗳，哥哥，嗳！不要教她下这样无情的毒手，摧残她娇嫩的生命。

泰　　怎么！悲哀已经使你变得糊涂起来了吗？嗨，玛格斯，除了我一个人之外，别人是谁也不应该发疯的。她能够下什么毒手去摧残她自己的生命？啊！为什么你一定要提起这个手字？你要叫伊尼阿斯把特洛埃焚烧的故事从头讲起吗？啊！不要谈到这个题目，不要讲什么手呀手的，使我们永远记得我们是没有手的人。呸！呸！我在说些什么疯话，好像要是玛格斯不提起手字，我们就会忘记我们没有手似的。来，大家吃吧；好孩子，吃了这个。这儿酒也没有。听，玛格斯，她在说些什么话；我能够解释她这残废的身体上所作出的种种符号：她说她的唯一的饮料只是那和着悲哀酿就，淋漓在她颊上的眼泪。无言的诉苦者，我要熟习你的思想，像乞食的隐士娴于祷告一般充分了解你的沉默的动作；无论你吐一声叹息，或是把你的断臂向天高举，或是霎

一霎眼，点一点头，屈膝下跪，或者作出任何的符号，
我都要竭力探究出它的意义，用耐心的学习寻求一
个确当的解释。

小琉 好爷爷，不要老是伤心痛哭了；讲一个有趣的故事
儿让我的姑姑快乐快乐吧。

玛 唉！这小小的孩子也受到感动，瞧着他爷爷那种伤
心的样子而掉下泪来了。

泰 不要响，小东西；你是用眼泪塑成的，眼泪会把你的
生命很快地融化了。（玛以刀击餐盆）玛格斯，你
在用刀子打些什么？

玛 一头苍蝇，哥哥；我已经把它打死了。

泰 该死的凶手！你刺中我的心了。我的眼睛已经看饱
了凶恶的暴行；杀戮无辜的人是不配做泰脱斯的兄
弟的。出去，我不要跟你在一起。

玛 唉！哥哥，我不过打死了一头苍蝇。

泰 可是假如那苍蝇也有父亲母亲呢？可怜的善良的苍
蝇！他飞到这儿来，用他可爱的嗡嗡的吟诵娱乐我
们，你却把他打死了！

玛 恕我，哥哥；那是一头黑色的丑恶的苍蝇，有点儿

像那皇后身边的摩尔人，所以我才打死他。

泰　　哦，哦，哦！那么请你原谅我，我错怪你了，因为你做的是一件好事。把你的刀给我，我要侮辱侮辱他；用虚伪的想像欺骗我自己，就像它是那摩尔人，存心要来毒死我一样。这一刀是给你自己的，这一刀是给姐摩拉的，啊，好小子！可是难道我们已经变得这样卑怯，用两个人的力量去杀死一头苍蝇，只是因为它的形状像一个黑炭似的摩尔人吗？

玛　　唉，可怜的人！悲哀已经把他磨折成这个样子，使他把幻影认为真实了。

泰　　来，把这些东西撤下去。拉薇妮霞，跟我到你的闺房里去；我要陪着你读一些古代悲哀的故事。来，孩子，跟我去；你的眼睛是明亮的，当我的目光昏花的时候，你就接着我读下去。（同下）

第四幕

愿上天指导着你的笔，让它表白出你的冤情，使我们知道谁是真正的凶徒！

第一场　罗马；泰脱斯家花园

【泰脱斯及玛格斯上。小琉歇斯后上，拉薇妮霞奔

随其后。

小琉　　救命，爷爷，救命！我的姑姑拉薇妮霞到处追着我，

　　　　不知道为了什么缘故。好玛格斯公公，瞧她跑得多

　　　　么快。唉！好姑姑，我不知道您是什么意思哩。

玛　　　站在我的身边，琉歇斯；不要怕你的姑姑。

泰　　　她是非常爱你的，孩子，决不会伤害你。

小琉　　嗯，当我的爸爸在罗马的时候，她是很爱我的。

玛　　　我的侄女拉薇妮霞做着这些符号，是什么意思呢？

泰　　　不要怕她，琉歇斯。她总有一番意思。瞧，琉歇斯，

　　　　瞧她多么疼你；她要你跟她到什么地方去。唉！孩

　　　　子，她曾经比一个母亲教导她的儿子还要用心地读

　　　　给你听那些美妙的诗歌和名人的演说哩。

玛　　　你猜不出她为什么这样追随着你吗？

小琉　　公公，我不知道，我也猜不出，除非她发了疯了；因

为我常常听见爷爷说，过分的悲哀会叫人发疯；我也曾在书上读到，特洛埃的赫邱芭王后因为伤心而变成疯狂；所以我有些害怕，虽然我知道我的好姑姑是像我自己的妈妈一般爱我的，倘不是发了疯，决不会把我吓得丢下了书本逃走。可是好姑姑，您不要见怪；要是玛格斯公公肯陪着我，我是很愿意跟您去的。

玛 琉歇斯，我陪着你就是了。（拉以足踢琉落下之书）

泰 怎么，拉薇妮霞！玛格斯，这是什么意思？她要看这儿的一本什么书。女儿，你要看那一本？孩子，你替她翻开来吧。可是这些是小孩子念的书，你是要读高深一点儿的；来，到我的书斋里去拣选吧。读书可以帮助你忘记你的悲哀，耐心地等候着上天把恶人的阴谋暴露出来的一日。为什么她接连几次举起她的手臂来？

玛 我想她的意思是说参与这件暴行的不止一个人；嗯，一定不止一人；否则她就是求告上天为她复仇。

泰 琉歇斯，她在不断踢动着的是本什么书？

小琉 爷爷，那是奥维特的《变形记》，是我的妈妈给我的。

玛　　也许她因为对于去世者的眷念，特意选择了它。

泰　　且慢！瞧她在多么忙碌地翻动着书页！（助拉翻书）
　　　她要找些什么？拉薇妮霞，要不要我读这一段？这
　　　是菲萝美拉的悲惨的故事，讲到替吕厄斯怎样用奸
　　　计把她奸污；我怕你的遭遇也是和她同样的。

玛　　瞧，哥哥，瞧！她在指点着书上的文句。

泰　　拉薇妮霞好孩子，你也是像菲萝美拉一样，在冷酷，
　　　广大，而幽暗的树林里，遭到了强徒的暴力，被他
　　　污毁了你的身体吗？瞧，瞧！嗯，在我们打猎的地
　　　方，正有这样一个所在，——啊！要是我们从不曾
　　　在那地方打猎多好！——就像诗人在这儿描写的一
　　　样，天生就给恶徒们杀人行暴的所在。

玛　　唉！大自然为什么要设下这样一个罪恶的陷阱？难
　　　道天神们也是欢喜悲剧的吗？

泰　　好孩子，这儿都是自己人，你用符号告诉我们是那一
　　　个罗马贵人敢做下这样的事；是不是撒脱尼纳斯效
　　　法往昔的达昆，偷偷地跑出了自己的营帐，在琉克
　　　莉丝的床上干那罪恶的行为？

玛　　坐下来，好侄女；哥哥，你也坐下了。亚坡罗，巴

拉斯，乔武，迈邱利，求你们启发我的心，让我探出这奸谋的究竟！哥哥，瞧这儿；瞧这儿，拉薇妮霞：这是一块平坦的沙地，看我怎样在它上面写字。（以口衔杖，以足拨动，使于沙上写字）我已经不用手的帮助，把我的名字写下来了。该死的恶人，使我们不得不用这种方法传达我们的心思！好侄女，你也照着我的样子把那害你的家伙的名字写出来，我们一定替你复仇。愿上天指导着你的笔，让它表白出你的冤情，使我们知道谁是真正的凶徒！（拉衔杖口中，以断臂拨杖成字）

泰　　啊！兄弟，你看见她写些什么吗？"祁伦，第米屈律斯。"

玛　　什么，什么！姐摩拉的荒淫的儿子们是干下这件惨无人道的行为的罪人吗？

泰　　统治万民的伟大的天神，你听见这样的惨事，看见这样的暴行吗？

玛　　啊！安静一些，哥哥；虽然我知道写在这地上的这几个字，可以在最驯良的心中激起一场叛乱，使柔弱的婴孩发出不平的呼声。哥哥，让我们一同跪下；

拉薇妮霞，你也跪下来；好孩子，罗马未来的勇士，你也跪下来；大家跟着我向天发誓，我们一定要运用我们的智谋心力，向这些奸恶的哥斯人报复我们切身的仇恨，否则到死也不瞑目。

泰　　要是你知道用什么方法可以达到我们的目的，那当然没有问题；可是当你追捕这两头小熊的时候，留心着吧，那母熊是会醒来的，要是她嗅到了你的气息。她现在正和狮子勾结得非常亲密，向他施展出种种迷人的手段，当他睡熟以后，她就可以为所欲为了。你是一个经验不足的猎人，玛格斯，还是少管闲事吧。来，我要去拿一片铜箔，用钢铁的尖镞把这两个名字刻在上面藏起来；一阵怒号的北风吹起，这些沙土就要漫天飞扬。那时候你到那儿去找寻它们呢？孩子，你怎么说？

小琉　　我说，爷爷，倘然我不是这样年纪小，这些恶奴即使躲在他们母亲的房间里，我也决不放过他们。

玛　　嗯，那才是我的好孩子！你的父亲也是常常为了他的忘恩的祖国而出生入死，不顾一切危险的。

小琉　　公公，要是我长大了，我一定也要这样。

泰　　　来，跟我到我的武库里去；琉歇斯，我要替你拣一
　　　　副兵器，而且我还要叫我的孩子替我送一些礼物去
　　　　给那皇后的两个儿子哩。来，来，你愿意替我干这
　　　　一件差使吗？

小琉　　嗯，爷爷，我愿意把我的刀子插进他们的心口里去。

泰　　　不，孩子，不是这样说；我要教你另外一种办法。
　　　　拉薇妮霞，来。玛格斯，你在我家里看守看守；琉
　　　　歇斯跟我要到宫庭里去拼他一拼。嗯，是的，我们
　　　　要去拼他一拼。（泰、拉、及小琉下）

玛　　　天啊！你能够听见一个好人的呻吟，却对他一点不
　　　　动怜悯之心吗？悲哀在他心上刻下的创痕，比战士
　　　　盾牌上的剑孔更多；看他疯疯颠颠的，不知要闹些
　　　　什么出来，玛格斯，你得留心看好他才是。天啊，
　　　　为年老的安特洛尼格斯复仇吧！（下）

第二场 同前；宫中一室

【亚伦，第米屈律斯，及祁伦自一方上；小琉歇斯及一从者持武器一束及诗句一纸自另一方上。

祁　第米屈律斯，这是琉歇斯的儿子，他要来送一个信给我们。

亚　嗯，一定是他的疯爷爷叫他送什么疯信来了。

小琉　两位王子，安特洛尼格斯叫我来向你们致敬。（旁白）求求罗马的神明下天雷打死你们！

第　谢谢你，可爱的琉歇斯；你给我们带些什么消息来了？

小琉　（旁白）你们两个人已经确定是两个强奸命妇的凶徒，这就是消息。（高声）家祖父叫我多多拜上两位王子，他说你们都是英俊的青年，罗马的干城，叫我把他武库里几件最好的武器送给你们，以备不时之需，请两位千万收下了。现在我就向你们告别；（旁白）你们这一双该死的恶棍！（小琉及从者下）

第　　这是什么？一卷纸头，上面还写着诗句？让我们看

　　　　看：——（读）"弓伸天讨剑诛贼，抉尽神奸巨憝心。"

祁　　哦！这是两句荷雷斯的诗，我早就在文法书上念过了。

亚　　嗯，不错，两句荷雷斯的诗；你说得对。（旁白）嘿，

　　　　一个人做了蠢驴又有什么办法！这可不是开顽笑的

　　　　事！那老头儿已经发现了他们的罪恶，把这些兵器

　　　　送给他们，还题上这样的句子，明明是揭破他们的

　　　　秘密，他们却还一点没有知觉。要是我们聪明的皇

　　　　后也在这儿的话，她一定会佩服安特洛尼格斯的才

　　　　情；可是现在她正在不得好过，还是不要惊动她吧。

　　　　（向第、祁）两位小王子，那引导我们到罗马来的，

　　　　不是一颗幸运的星吗？我们本来只是些异邦的俘

　　　　虏，现在却享有着这样的尊荣，就是我也敢在宫门

　　　　之前把那护民官辱骂，不怕被他的哥哥听见，好不

　　　　畅快！

第　　可是尤其使我高兴的，这样一位了不得的大人物现

　　　　在也会卑躬屈节，向我们送礼献媚了。

亚　　难道他没有理由吗，第米屈律斯王子？你们不是很

　　　　看得起他的女儿吗？

第　　我希望我们有一千个罗马女人给我们照样玩弄，轮流做我们泄欲的工具。

祁　　好一个普度众生的多情宏愿！

亚　　可惜你们的母亲不在跟前，少了一个说阿们的人。

第　　来，让我们去为我们正在生产的苦痛中的亲爱的母亲向诸神祈祷吧。

亚　　（旁白）还是去向魔鬼祈祷的好；天神们早已舍弃我们了。（喇叭声）

第　　为什么皇帝的喇叭吹得这样响？

祁　　恐怕是庆祝皇帝新添了一位太子。

第　　且慢！谁来了？

【乳媪抱黑婴上。

乳媪　　早安，各位大爷。啊！告诉我，你们看见那摩尔人亚伦吗？

亚　　呃，远在天边，近在眼前，亚伦就是我。你找亚伦有什么事？

乳媪　　啊，好亚伦！咱们全都完了！快想个办法，否则你的性命也要保不住啦!

亚　　　嗳哟,你在吵些什么! 你抱在手里的是个什么
　　　　东西?

乳媪　　啊! 我但愿把它藏在不见天日的地方;这是我们皇
　　　　后的羞愧,庄严的罗马的耻辱! 她生产了,各位爷
　　　　们,她生产了。

亚　　　好,上帝给她安息! 她生下个什么来啦?

乳媪　　一个魔鬼。

亚　　　啊,那么她是魔鬼的老娘了;恭喜恭喜!

乳媪　　一个叫人看见了也丧气的又黑又丑的孩子。你瞧吧,
　　　　把他放在我们国里那些白白胖胖的孩子们的中间,
　　　　他简直是头虾蟆。娘娘叫我把他送给你,因为他身
　　　　上盖着你的戳印;她吩咐你用你的刀尖替他受洗。

亚　　　胡说,你这娼妇! 难道长得黑一点儿就是这样要不得
　　　　吗? 好宝贝,你是一朵美丽的鲜花哩。

第　　　混蛋,你干了什么事啦?

亚　　　事情已经干了,又有什么办法?

第　　　该死的恶狗! 你把我们的母亲毁了。也是她有眼
　　　　无珠,偏会看中了你这个丑货,生下了这可咒诅的

妖种！

祁	这孽种不能让它留在世上。
亚	它不能死。
乳媪	亚伦，它必须死；这是他母亲的意思。
亚	什么！它必须死吗，奶妈？那么除了我自己以外，谁也不能动手杀害我的亲生骨肉。
第	我要把这小蝌蚪穿在我的剑头上。奶妈，把它给我；我的剑一下子就可以结果了它。
亚	你要是敢碰一碰它，这一柄剑就要把你的肚肠一起挑出来。（自乳媪怀中夺儿，拔剑）住手，杀人的凶手们！你们要杀死你们的兄弟吗？你们的母亲在光天化日之下受孕怀胎，生下了这个孩子，现在我就凭着照耀天空的火轮起誓，谁敢碰动我这初生的儿子，我一定要叫他死在我的剑锋之上。我告诉你们，哥儿们，无论那一个三头六臂的天神天将，都不能把我这孩子从他父亲的手里夺下。嘿嘿，你们这些粉面红唇的不懂事的孩子们！你们这些涂着白垩的泥墙！你们这些酒店里白漆的招牌！黑炭才是最好的颜色，它是不屑于用其它的色彩涂染的；大

洋里所有的水不能使天鹅的黑腿变成白色，虽然她每时每刻都在波涛里冲洗。你去替我回复皇后，说我不是一个小孩子了，我自己的儿女应该由我自己抚养，请她随便想个什么方法把这回事情掩饰过去吧。

第　你想这样出卖你的主妇吗？

亚　我的主妇只是我的主妇，这孩子却就是我自己，他是我青春的活力和影子，我重视他甚于整个的世界；我要不顾一切的阻难保护他的安全，否则你们中间免不了有人要在罗马流血。

第　那么我们的母亲要从此丢脸了。

祁　罗马将要为了她这种丑行而蔑视她。

乳媪　皇上一发怒，说不定就会把她判处死刑。

祁　我一想到这种丑事就要脸红。

亚　嘿，这就是你们的美貌的好处。哼，不可信任的颜色！它会泄漏了你们心底的秘密。这儿是一个跟你们不同颜色的孩子；瞧这小黑奴向他的父亲笑得多么迷人；他好像在说，"老家伙，我是你的亲儿子呀。"他是你们的兄弟；你们母亲的血肉养育了你们，也养育了他，大家都是从一个娘胎里出来的；虽然他的脸上盖着我的戳印，他总是你们的兄弟呀。

乳媪　亚伦，我应该怎样回复娘娘呢？

第　　亚伦，你想一个万全的方法，我们愿意接受你的意见；只要大家无事，你尽管保全你的孩子好了。

亚　　那么我们坐下来商议商议；我的儿子跟我两人坐在这儿，你们的一举一动都逃不了我们的眼睛；你们坐在那边别动；现在由你们去讨论你们的万全之计吧。（众就坐）

第　　那几个女人看见过他这个孩子？

亚　　很好，两位勇敢的王子！当我们大家站在一条线上的时候，我是一头羔羊；可是你们倘要撩惹我这摩尔人，那么发怒的野猪，深山的母狮，或是汹涌的海洋，都比不上亚伦的凶暴。可是说吧，多少人曾经看见这孩子？

乳媪　除了娘娘自己以外，只有稳婆科尼莉霞跟我两个人是看见的。

亚　　皇后，稳婆，跟你三个人；两个人是可以保守秘密的，只要把第三个人除去。你去告诉皇后，说我这样说：（挺剑刺乳媪）“喊克喊克！”一头刺上炙叉的母猪是这样叫的。

第　你这是什么意思，亚伦？为什么要杀死她？

亚　嗳哟，我的爷，这是策略上的必要呀；难道我们应
该让她留在世上，掉弄她的散播是非的长舌，泄漏
我们的罪恶吗？不，王子们，不。现在我把我的主
意完全告诉了你们吧。在不远的地方住着一个名叫
牟利的人，他也是个摩尔人；他的妻子昨天晚上生
产，生下个白皮肤的孩子，白得就跟你们一样。我
们现在可以去跟他掉一个包，给那妇人一些钱，把
一切情形告诉他们，对他们说你们的孩子一进宫去，
大家只知道他是皇上的小太子，保证享受荣华，后
福无穷。这样人不知鬼不觉的把我的孩子换了出来，
让那皇帝抱着一个野种当作自己的骨肉，一场风波
不就可以毫无痕迹地消弭过去了吗？听我说，两位
王子；你们瞧我已经给她服下了安眠灵药，（指乳
媪）现在就烦你们替她料理葬事；附近有的是空地，
你们又是两位胆大气壮的好汉。这事情办好以后，
不要耽搁时间，立刻就去叫那稳婆来见我。我们把
那稳婆和奶妈收拾去了，就可以随那些娘儿们谈长

说短去。

祁　　亚伦，我看你要是有了秘密，真是会不让一丝风把
　　　它走漏出去的。

第　　姐摩拉一定非常感激你的爱护。（第、祁扛乳媪尸下）

亚　　现在我要像燕子一般飞到哥斯人的地方去，替我这
　　　怀抱里的宝贝找一个安身之处；我还要秘密会晤皇
　　　后的朋友们。来，你这厚嘴唇的奴才，我要抱着你
　　　离开这里，都是你害得我变成了一个亡命之徒。我
　　　要给你吃野果和菜根，喝些乳脂乳浆，让山羊供给
　　　你乳汁，和你栖息在山洞里，把你抚养长大，做一
　　　个指挥大军的战士。（抱婴孩下）

第三场 同前；广场

【泰脱斯持箭数枝，箭端各系书札，率玛格斯，小琉歇斯，泼勃律斯，森普洛涅斯，凯易斯，及其他绅士等各持弓上。

泰　来，玛格斯，来；各位贤侄，这儿来。哥儿，现在让我瞧瞧你的箭法如何；小心瞄准了，一直向那边射出去。记着，玛格斯，她已经去了，她已经逃走了[①]。来，大家拿起弓来。你们两位替我到海洋里捞摸捞摸，把网儿撒下去，也许你们可以在海底找到她；可是海里和陆地上一样，都是不讲公道的。不，泼勃律斯和森普洛涅斯，我必须麻烦你们一下；你们必须用锄头铁锹一直掘下地心，当你们掘到帕卢托[②]境内的时候，请把这封请愿书送给他，要求他主持公道，援助无辜；对他说，这是在忘恩的罗马

---

① "她"指公道女神。——译者注
② 帕卢托（Pluto），希腊神话中之冥土之神。——译者注

含冤负屈的年老的安特洛尼格斯写给他的。啊，罗马！都是我害你受苦，我不该怂恿民众拥戴一个暴君，让他把我这样凌辱。去，你们去吧，大家小心一点，每一艘战舰都要仔细搜过，也许这恶皇帝把她运送出去了；那时候，各位贤侄，我们再到什么地方去呼冤呢？

玛　　啊，泼勃律斯！你看你的伯父疯得这个样子，好不凄惨！

泼　　所以，父亲，我们不能不朝晚留心，一刻也不离开他的身边，什么事情都顺他的意思，等时间慢慢医治他的伤痕。

玛　　各位贤侄，他的伤心是无法医治的了。我们还是联合哥斯人，用武力征伐忘恩的罗马，向撒脱尼纳斯这奸贼复仇吧。

泰　　泼勃律斯，怎么！怎么，诸位朋友！你们碰见她了吗？

泼　　不，我的好伯父；可是帕卢托有信给您，他说您要是需要差遣复仇女神的话，他可以叫她暂离地狱，听候您的使唤；可是公道女神事情很忙，也许她在天上跟乔武有些公事要接洽，也许她在别的什么地

　　　　方，您要是一定要借重她的话，只好等几时再说了。

泰　　　他不该老是这样拖延时日，耽误了我的事情。我要
　　　　跳下地狱底的火湖里去，抓住她的脚把她拉出来。
　　　　玛格斯，我们不过是些小小的灌木，并不是参天的
　　　　松柏；我们不是庞大的巨人，玛格斯，可是我们有
　　　　的是铜筋铁骨，然而我们肩上所负的冤屈，却已经
　　　　把我们压得快要支持不住了。既然人世和地狱都没
　　　　有公道存在，我们只好祈求天上的神明，快快把公
　　　　道降下人间，为我们伸冤雪恨。来，大家拿起弓来。
　　　　你是一个射箭的好手，玛格斯。（以箭分授众人）
　　　　你把这一枝箭射到乔武那儿去；这一枝是给亚坡罗
　　　　的；我自己把这一枝射给马斯；这是给巴拉斯的，
　　　　孩子；这是给迈邱利的；这是给撒登的，凯易斯，
　　　　不要弄错了射到撒脱尼纳斯的地方去，那就变成了
　　　　向风射箭，一点用处都没有的。动手吧，孩子！玛
　　　　格斯，我吩咐你的时候，你就把箭射出去。这回我
　　　　写得一点不含糊，每一个天神我都向他请求到了。

玛　　　各位贤侄，把你们的箭一齐射到皇宫里去，激发激
　　　　发那皇帝的天良。

泰 现在大家拉弓吧。（众射）啊！很好，琉歇斯！好
孩子，这一箭要射进巴拉斯女神的怀里。

玛 哥哥，我的箭已经越过月亮一哩之遥；这时候乔武
一定可以收到你的信了。

泰 哈！泼勃律斯，泼勃律斯，你干了什么事啦？瞧，瞧！
金牛星的一个角儿也给你射掉啦。

玛 怪有趣的，哥哥，当泼勃律斯射箭的时候，那金牛星
发起脾气来，向白羊星使劲一撞，把两只羊角都撞
下来了，刚巧落在皇宫里，给那皇后所宠爱的摩尔
人拾到了；她笑着对他说，他应该把这两只角儿送
给皇上做一件礼物。

【一乡人携篮上，篮中有二鸽。

泰 啊！从天上来的消息！玛格斯，天上的信差来了。
喂，你带了什么消息来了？有什么信没有？他们答
应替我主持公道吗？乔武怎么说？

乡人 啊！您说的是那个装绞架的家伙吗？他说他已经把
绞架拆下来了，因为那个人要在下星期才处决哩。

泰　　可是我问你，乔武怎么说？

乡人　　唉！老爷，我不认识什么乔武；我从来不曾跟他在
　　　　一起喝过酒。

泰　　嗨，混蛋，那么你不是送信的吗？

乡人　　哎，老爷，我是个送鸽子的，不送什么信。

泰　　你不是从天上来的吗？

乡人　　从天上来的！唉，老爷，我从来不曾到天上去过。上
　　　　帝保佑我，我现在年纪轻轻的，还不想上天堂哩。我
　　　　现在带了鸽子，是要到平民法庭里去的；我的舅舅跟
　　　　一个皇帝手下的卫士吵了架，我要帮他打官司去。

玛　　哥哥，你的呈文叫他送去，倒是再适当没有的了；这
　　　　两头鸽子就算是你的贡物，让他拿去献给那皇帝吧。

泰　　喂，过来。你也不用多找麻烦，到什么法庭里去了；
　　　　这双鸽子你就拿去送给皇帝，凭着我的面子，他一
　　　　定会帮助你打胜这场官司。等一等，等一等，我还
　　　　要赏你几个钱哩。把笔墨拿来给我。喂，你会不会
　　　　按着礼节送一封呈文？

乡人　　是，老爷。

泰　　那么这儿有一封呈文，你给我送一送吧。你走到他面

前的时候，就向他跪下，跟着就吻他的脚，跟着就
把你的鸽子送上去，然后你就可以等他赏些什么给
你。我要在那边看着你，你可要放出些神气来。

乡人　您放心吧，老爷；瞧着我就是了。

泰　　喂，你有没有一柄刀子？来，让我看看。玛格斯，你
把它夹在呈文里面。这封呈文送给皇帝以后，你就
来敲我的门，告诉我他说什么话。

乡人　上帝和您同在，老爷；我就给您送去。

泰　　来，玛格斯，我们去吧。泼勃律斯，跟我来。（同下）

第四场 同前；皇宫前

【撒脱尼纳斯，妲摩拉，第米屈律斯，祁伦，群臣，

及余人等上；撒脱尼纳斯手握泰脱斯所射之箭。

撒　　嘿，诸位，你们瞧，全是些诉冤叫屈的话儿！那一

个罗马皇帝曾经遭到过这样的烦扰和侮蔑？诸位想

都明白，虽然这些破坏我们安宁的家伙到处向人民

散播谣言，我们对于老安特洛尼格斯那两个顽劣的

儿子所下的判决，完全是一秉至公，以法律为根据

的。即使他的悲伤把他的头脑搅糊涂了，难道我必

须受他疯狂的侮辱和咒骂吗？现在他写信到天上呼

冤去了：瞧，这是给乔武的，这是给迈邱利的，这

是给亚波罗的，这是给战神马斯的；让这些纸片儿

在罗马满街飞扬，那才够人瞧的！这不是对元老院

的公然诽谤，向全国宣传我们的不公道吗？这不是

一个很好的顽笑吗，诸位，让人家说，在罗马是没

有公道的？可是我还没有死，我决不容忍他这样装

疯装颠地掩护他的狂妄的行为；我要叫他和他一伙

里的人知道，撒脱尼纳斯一天活在世上，公道一天
不会死亡，他的正义的怒火一旦燃烧起来，最骄傲
的阴谋者也逃不了他的斧钺的严威。

妲　　我的仁慈的皇上，我的亲爱的撒脱尼纳斯，我的生
命的主人，我的思想的指挥者，不要生气；泰脱斯
年纪老了，有什么不对的地方，你担待担待他吧；
他都是因为死了两个好儿子，伤透了他的心，才气
成这个样子；你应该安慰安慰他的不幸的处境，这
种目无君上的行为，也就不必计较了。（旁白）面
面讨好是妲摩拉的聪明的政策；可是，泰脱斯，我
已经刺中你的要害，你的生命的血液已经流尽了。
但愿亚伦不要一时懵懂，误了我的事，那才是谢天
谢地。

【乡人上。

妲　　啊，好朋友，你要见我们说话吗？

乡人　　正是，请问您这位先生是不是皇帝？

妲　　我是皇后，那边坐着的才是皇帝。

乡人　　正是他。上帝和圣史蒂芬祝福您！我给您送一封信
　　　　和一对鸽子来了。（撒读信）

撒　　　来，把他抓下去，立刻吊死他。

乡人　　我可以得到几个赏钱？

妲　　　来，小子，我们要吊死你哩。

乡人　　吊死我！嗳哟，想不到我长了一个脖子，却要遭到
　　　　这样好的收场！（卫士押乡人下）

撒　　　可恶的不能容忍的侮辱！我应该宽纵这样重大的奸
　　　　谋吗？我知道这是谁玩的花样儿；这也是可以忍受的
　　　　吗？他那两个奸恶的儿子暗杀了我的兄弟，明明按照
　　　　法律应该抵命，照他的口气，却好像是我冤杀了他们
　　　　似的！去，把那老贼揪住了头发抓了来；他的年龄和
　　　　地位都不能让他沾到一些便宜。为了这样无礼的讥
　　　　嘲，我要做你的刽子手，狡猾的疯老头儿；你是因为
　　　　想把我和罗马一手挟制，才把我捧上皇位的。

　　　　【哀米律斯上。

撒　　　你有些什么消息，哀米律斯？

哀　　武装起来，武装起来，陛下！罗马已经到了最紧急的
　　　关头，哥斯人已经集合大队人马，一个个抱着坚强
　　　的决心，来向我们进攻了；领队的就是琉歇斯，老
　　　安特洛尼格斯的儿子，他声势汹汹地立誓复仇，要
　　　像科里奥兰纳斯①一般把罗马踏成平地。

撒　　好战的琉歇斯做了哥斯人的统帅了吗？这些消息把
　　　我吓冷了大半截，使我像一朵霜打的残花，一茎风
　　　吹的小草一般垂头丧气。嗯，现在不幸已经向我们
　　　开始袭来了。他是平民所喜爱的人；我自己便服私
　　　行的时候，常常听见他们说，琉歇斯的放逐是不公
　　　的，他们希望琉歇斯做他们的皇帝。

妲　　为什么你要害怕呢？罗马城不是守卫得很巩固吗？

撒　　嗯，可是民众都倾心于琉歇斯，他们一定会向我叛
　　　变，帮助他推翻我。

妲　　你是个皇帝，愿你的思想也像你的名号一样尊严。太
　　　阳是因为蚊蚋的飞翔而黯淡了他的光辉的吗？鹰隼

────────────

　　①科里奥兰纳斯（Coriolanus），罗马大将，莎翁另一悲剧《英雄叛
国记》中之主角。—— 译者注

放任小鸟的歌吟，不去理会它们唱些什么，他知道他的巨翼的黑影，可以随时遏止它们的乐曲；那些反复无常的罗马人，你也可以这样对付他们。所以鼓起你的精神来吧，你这皇帝；你知道我要用一些花言巧语去迷惑那老安特洛尼格斯，那些言语是比引诱鱼儿上钩的香饵或是毒害羊群的肥美的苜蓿更甜蜜而更危险的。

撒　　但是他决不会为我们向他的儿子求情。

妲　　要是姐摩拉请求他，他一定不会拒绝；因为我可以用慷慨的许诺灌进他的老迈的耳中；即使他的心坚不可摧，他的耳朵完全聋了，我也会使他的耳朵和他的心受我的舌头的指挥。（向哀）你先去传达我们的旨意，就说皇上要向勇敢的琉歇斯提出和议，请他就在他父亲老安特洛尼格斯家里跟我们相会。

撒　　哀米律斯，希望你此去不辱使命；要是他坚持为了他个人安全起见，我们必须给他一些什么保证，你就对他说无论他提出什么条件，我们都可以照办。

哀　　我一定尽力执行陛下的命令。（下）

妲　　现在我要去见老安特洛尼格斯，用我的全副手段劝

诱他叫那骄傲的琉歇斯脱离哥斯人的队伍。亲爱的

皇帝，快活起来，把你的一切忧虑埋葬在我的妙计

之中吧。

撒　　那么你就去求求他看。（同下）

第五幕

有一个魔鬼在我的耳边低声咒诅，怂恿我的舌头向你们倾吐出我的愤怒的心中的怨毒。

第一场　罗马附近平原

【喇叭奏花腔；旗鼓前导，琉歇斯及一队哥斯战士上。

琉　　　各位忠勇的战友，我已经从伟大的罗马得到信息，告诉我罗马人民是怎样痛恨他们的皇帝，怎样热切希望我们去拯救他们。所以，诸位将军，愿你们一鼓作气，振起你复仇的决心；凡是罗马所曾给与你们的伤痕，你们都要从他身上获得三倍的报偿。

哥斯人甲　伟大的安特洛尼格斯的勇敢的后人，你的父亲的名字曾经使我们胆裂，现在却成为我们的安慰了，他的丰功伟烈，却被忘恩的罗马用卑劣的轻蔑作为报答；愿你信任我们，我们愿意服从你的领导，像一群盛夏的有刺的蜜蜂跟随它们的君后飞往百花怒放的原野，去向可咒诅的姐摩拉声讨她的罪恶。

众哥斯人　他所说的话，也就是我们大家所要说的。

琉　　　我深深感激你们各位的好意。可是那边有一个哥斯壮士领了个什么人来了？

【一哥斯人率亚伦抱婴孩上。

哥斯人乙　威名远播的琉歇斯，我刚才因为看见路旁有一
座毁废了的寺院，一时看出了神，不知不觉离开了
队伍；当我正在凭吊那颓垣零瓦的时候，忽然听见在
一堵墙下有一个小孩的哭声；我向那哭声走去，就听
见有人在对那啼哭的婴儿说话，他说："别哭，小黑奴，
一半是我，一半是你的娘！倘不是你的皮肤的颜色泄
漏了你的出身的秘密，要是造化让你生得和你母亲
一个模样，小东西，谁说你不会有一天做了皇帝？
可是公牛母牛倘然都是白的，决不会生下一头黑炭
似的小牛来。别哭，小东西，别哭！"——他这样
叱骂着那孩子，——"我必须把你交在一个靠得住
的哥斯人手里；他要是知道了你是皇后的孩子，看
在你妈的脸上，一定会好好照顾你。"我听他这样说，
就把剑拔在手里，出其不意地把他抓住，带到这儿
来请你发落。

琉　啊，勇敢的哥斯人，这就是那个恶魔的化身，是他
害安特洛尼格斯失去了他的手；他是你们女王眼中
的明珠，这小孩便是他淫欲的恶果。说，你这眼睛

骨溜溜的奴才，你要把你自己这一副鬼脸的模型带

到那里去？你为什么不说话？什么！聋了吗？不说

一句话？兵士们，拿一根绳子来！把他吊死在这株

树上，把他那私生的贱种也吊在他的旁边。

亚　　不要碰这孩子；他是有王族的血液的。

琉　　这孩子太像他的父亲了，长大了也不是个好东西。先

把孩子吊起来，让他看看他挣扎的情形，叫他心里

难受难受。拿一张梯子来。（军士等携梯至，驱亚

登梯）

亚　　琉歇斯，保全这孩子的生命；替我把他带去送给皇

后。你要是答应做到这一件事，我可以告诉你许多

惊人的事情，你听了一定可以得益不少。要是你不

答应我，那么我就听天由命，什么话都没有，但愿

你们全都不得好死！

琉　　说吧，要是你讲的话使我听了满意，我就让你的孩

子活命，并且一定把他抚养长大。

亚　　使你听了满意！哼，老实告诉你吧，琉歇斯，我所

要说的话是会使你听了痛苦万分的；因为我必须讲

到暗杀，强奸，和流血，黑夜的秘密，卑污的行动，

奸逆的阴谋，和种种骇人听闻的恶事；这一切都要因为我的一死而湮灭，除非你向我发誓保全我的孩子的生命。

琉 把你心里的话说出来；我答应让你的孩子活命。

亚 你必须向我发过了誓，我才开始我的叙述。

琉 我应该凭着什么发誓呢？你是不信神明的，那么你怎么会相信别人的誓呢？

亚 我固然是不信神明的，可是那有什么关系呢？我知道你是个敬天畏神的人，你的腔子里有一件叫做良心的东西，还有一二十种可笑的教规和仪式，我看你都是把它们十分看重的，所以我才一定要你发誓；因为我知道一个痴人是会把一件顽意儿当作神明的，他会终身遵守凭着那神明所发的誓，所以你必须凭着你所敬信的无论什么神明发誓保全我的孩子的生命，并且把他抚养长大，否则我就什么也不告诉你。

琉 我就凭着我的神明向你起誓，我一定保全他的生命，并且把他抚养长大。

亚 第一我要告诉你，他是我跟皇后所生的。

琉　啊，好一个荒淫放荡的妇人！

亚　嘿！琉歇斯，这比起我将要告诉你的那些事情来，
　　还算是一件好事哩。暗杀巴西安纳斯的就是她的两
　　个儿子；也是他们割去你妹妹的舌头，奸污了她的
　　身体，还把她的两手砍下，叫她变成像你所看见的
　　那样子。

琉　啊，野蛮的禽兽一般的恶人，正像你这家伙一样！

亚　不错，我正是教导他们的师傅呢。他们这一副好色
　　的天性是他们的母亲传给他们的，那杀人作恶的心
　　肠，却是从我这儿学得去的；他们是风月场中猎艳
　　的能手，也是两条不怕血腥气的猘犬。好，让我的
　　行为证明我的本领吧。我把你那两个兄弟诱到了躺
　　着巴西安纳斯尸首的洞里；我写下那封被你父亲拾
　　到的信，把那信上提到的金子埋在树下，皇后和她
　　的两个儿子都是我的同谋；凡是你所引为痛心的事
　　情，那一件没有我在里边捣鬼？我设计诓骗你的父
　　亲，叫他砍去了自己的手，当他的手拿来给我的时
　　候，我躲在一旁，几乎把肚子都笑破了。当他牺牲
　　了一只手，换到了他两个儿子的头颅的时候，我从

墙缝里偷眼看他哭得好不伤心，把我笑个不住，我
的眼睛里都像他一样充满眼泪了。后来我把这笑话
告诉皇后，她听见这样有趣的故事，简直乐得晕过
去了，为了我这好消息，她还赏给我二十个吻哩。

哥斯人甲　什么！你好意思讲这些话，一点不觉得羞愧吗？

亚　　嗯，就像人家说的，黑狗不会脸红。

琉　　你干了这些十恶不赦的行为，不知道后悔吗？

亚　　嗯，我只悔恨自己不再多犯下一千件的罪恶，现在
　　　我还在咒诅着命运不给我更多的机会哩。可是我想
　　　在受得到我的咒诅的那些人们中间，没有几个能够
　　　逃得过我的恶作剧的簸弄：譬如杀死一个人，或是
　　　设计谋害他的生命；强奸一个处女，或是阴谋破坏
　　　她的贞操；冤诬清白的好人，毁弃亲口发下的誓言；
　　　在两个朋友之间挑拨离间，使他们变成势不两立的
　　　仇敌；穷人的家畜我会叫它们无端折断了颈项；谷
　　　仓和草堆我会叫它们夜间失火，还去吩咐它们的主
　　　人用眼泪浇熄它们；我常常从坟墓中间掘起死人的
　　　骸骨来，把它们直挺挺地竖立在它们亲友的门前，
　　　当他们的哀伤早已冷淡下去的时候；在尸皮上我用

刀子刻下一行字句，就像那是一片树皮一样，"虽然我死了，愿你们的悲哀永不消灭。"嘿！我曾经干下一千种可怕的事情，就像一个人打死一头苍蝇一般不当作一回事儿，最使我恼恨的，就是我不能再做一万件这样的恶事。

琉　　把这恶魔带下来；叫他干干脆脆吊死，未免太便宜他了。

亚　　假如世上果然有恶魔，我就愿意做一个恶魔，在永生的烈火中受着不死的煎灼；只要地狱里有你陪着我，我要用我的毒舌磨折你的灵魂！

琉　　弟兄们，塞住他的嘴，不要让他说下去。

【一哥斯人上。

哥斯人　　将军，罗马差了一个人来，要求见你一面。

琉　　叫他过来。

【哀米律斯上。

琉　　欢迎，哀米律斯！罗马有什么消息？

哀　　琉歇斯将军，和各位哥斯王子们，罗马皇帝叫我来
　　　问候你们；他因为闻知你们兴师远来，要求在令尊
　　　家里跟你谈判和平；要是你需要保证的话，我们可
　　　以立刻提交你们。

哥斯人甲　我们的主帅怎样说？

琉　　哀米律斯，你去回复你家皇帝，叫他把保证交给我
　　　的父亲和我的叔父玛格斯，我们就可以和他会面。
　　　整队前进！（众下）

第二场　罗马；泰脱斯家门前

【妲摩拉，第米屈律斯，及祁伦各化装上。

妲　　我穿着这一身奇异而惨淡的服装，去和安特洛尼格斯
　　　相见，对他说我是复仇的女神，奉着冥王的差遣来
　　　到世上，帮助他伸雪奇冤。听说他一天到晚在他的
　　　书斋之内，思索着种种骇人的复仇妙计；现在你们
　　　就去敲他的门告诉他，复仇的女神来帮助他铲除他
　　　的敌人了。（敲门）

【泰脱斯自上方上。

泰　　谁在那儿扰乱我的沉思？你们想骗我开了门，让我
　　　的郑重的计划书一起飞掉，害我白费一场心思吗？
　　　你们打算错了；你们瞧，我已经把我所预备做的事
　　　情血淋淋地写了下来；凡是在这儿写下的，我都要
　　　把它们全部实行。

妲　　泰脱斯，我要来跟你谈谈。

泰　　不，一句话也不用谈；我是个缺手的人，怎么能够
　　　用手势帮助我谈话的语气呢？我说不过你，所以不
　　　用谈了吧。

姐　　要是你知道我是谁，你一定愿意跟我谈话。

泰　　我没有发疯；我知道你是谁。这凄惨的断臂，这一
　　　道道殷红的血痕，这些被忧虑刻下的凹纹，疲倦的
　　　白昼和烦恼的黑夜，一切的悲哀怨恨，都可以为我
　　　作证，我认识你是我们骄傲的皇后，不可一世的姐
　　　摩拉。你不是来讨我那另一只手吗？

姐　　告诉你吧，你这不幸的人，我不是姐摩拉；她是你
　　　的仇敌，我是你的朋友。我是复仇的女神，从下界的
　　　冥国中奉派前来，帮助你歼灭仇人，解除那咬啮你心
　　　头的痛苦。下来，欢迎我来到这人世之上；跟我商议
　　　商议杀人的方法吧。无论那一处空洞的岩穴，隐身的
　　　幽窟，广大的僻野，或是雾深的山谷，凡是杀人的凶
　　　手和强奸的恶徒因恐惧而躲藏的所在，我都可以把
　　　他们找寻出来，在他们的耳边告诉他们我的名字就
　　　是可怕的复仇，使那些作恶的罪人心惊胆裂。

泰　　你果然是复仇吗？你是奉命来帮助我惩罚我的仇敌

的吗？

姐　　我正是；所以下来欢迎我吧。

泰　　那么在我没有下来以前，先请你替我做一件事。瞧，
　　　在你的身边一旁站着强奸，一旁站着暗杀；现在你
　　　必须向我证明你确是复仇，把他们刺杀了吧，或是
　　　把他们缚在你的车轮上碾死他们，那么我就下来做
　　　你的车夫，跟着你在大地的周围环绕巡行：我会替
　　　你备下两匹漆黑的壮健的小马，拖着你的愤怒的云
　　　车快步飞奔，在罪恶的巢穴中找出杀人犯的踪迹；
　　　当你的车上载满他们的头颅以后，我愿意下车步行，
　　　像一个忠顺的脚夫，从太阳升上东方的天空的时间
　　　起，一直走到它没下海中；每天每天我愿意做这样
　　　劳苦的工作，只要你现在把强奸和暗杀这两个恶魔
　　　杀死。

姐　　这两个是我的助手，跟着我一起来的。

泰　　他们是你的助手吗？叫什么名字？

姐　　一个就叫强奸，一个就叫暗杀；因为他们的职务就
　　　是惩罚这两种恶人。

泰　　上帝啊，他们多么像那皇后的两个儿子，你多么像

那皇后！可是我们这些凡俗之人，虽然生了一双眼睛，往往会混淆黑白，颠倒是非。亲爱的复仇女神啊！现在我下来迎接你了；要是你不嫌我只有一只手臂，我要用这一只手臂拥抱你。（自上方下）

妲　这一套鬼话刚巧打进他的疯狂的心坎。现在他已经深信我是复仇女神了，你们在言语之间，留心不要露出破绽；我要利用他这种疯狂的轻信，叫他召唤他的儿子琉歇斯来，在宴会席上把他稳住了，我就临时使出一些巧妙的手段，遣散那些心性轻浮的哥斯人，或者至少使他们变成他的仇敌。瞧，他来了，我必须继续对他装神扮鬼。

【泰脱斯上。

泰　这许多时候我是一个孤立无助的人，渴望着你的到来；欢迎，可怕的复仇女神，欢迎你光临我这凄凉的屋宇！强奸和暗杀，你们两位也是欢迎的！你们多么像那皇后和她的两个儿子！要是再加上一个摩尔人，那就一无欠缺了；难道整个地狱里找不到这样一个魔鬼吗？因为我知道那皇后无论到什么地方，总有一个摩尔人跟随在她的左右；你们要是想扮装我们的皇后，这样一个魔鬼是少不了的。可是你们来了，总是欢迎的。我们应该怎么办呢？

姐　你要我们干些什么事，安特洛尼格斯？

第　指点一个杀人的凶手给我看，让我处置他。

祁　指点一个强奸的暴徒给我看，我会惩罚他。

姐　指点一千个曾经害你受苦的人给我看，我会替你向他们复仇。

泰　你到罗马的罪恶的街道上去访寻，要是找到一个和你一般模样的人，好暗杀啊，你把他刺杀了吧，他是一个杀人的凶手。你也跟着他去，要是你也找得到还有一个和你一般模样的人，好强奸啊，你把他刺杀了吧，他是一个强奸妇女的暴徒。你也跟着他们去；在皇帝的宫里，有一个随身带着一个摩尔黑奴的皇后，她是很容易认识的，因为从头到脚，她都活像你自己；请你用残酷的手段处死他们，因为他们曾经用残酷的手段对待我和我的儿女们。

姐　领教领教，我们一定替你办到就是了。可是，好安

　　　特洛尼格斯，听说你那位勇武非常的儿子琉歇斯已

　　经带了一大队善战的哥斯人打到罗马来了，可不可

　　以请你叫他到你家里来，为他设席洗尘；当他到来

　　的时候，就在隆重的宴会之中，我就去把那皇后和

　　她的两个儿子，还有那皇帝自己以及你所有的仇人

　　一起带来，让他们在你的脚下长跪求怜，你可以向

　　他们痛痛快快地发泄你的愤恨。不知道安特洛尼格

　　斯对于这一个计策有什么意见？

泰　　玛格斯，我的兄弟！悲哀的泰脱斯在呼喊你。

　　【玛格斯上。

泰　　好玛格斯，到你侄儿琉歇斯的地方去；你可以在那

　　些哥斯人的中间探听他的所在。你对他说我要见见

　　他，叫他把军队就地驻扎，带几位最高贵的哥斯王

　　子到我家里来参加宴会；告诉他皇帝和皇后也要出

　　席的。请你看在我们兄弟的情分上，替我走这一遭；

　　要是他关心他的老父的生命，让他赶快来吧。

玛　　我就去见他，一会儿就回来的。（下）

妲　　现在我要带着我的两个助手，替你干事情去了。

泰　　不，不，叫强奸和暗杀留在这儿陪伴我；否则我要叫
　　　我的兄弟回来，一心一意让琉歇斯替我复仇，不敢
　　　再有劳你了。

妲　　（向二子旁白）你们怎么说，孩子们？你们愿意暂
　　　时留在这儿，让我一个人去告诉皇上，我们怎样开
　　　这场顽笑吗？敷衍敷衍他，一切奉承他的意思，把
　　　他用好话哄住了，等我回来再说。

泰　　（旁白）我全都认识他们，虽然他们以为我疯了；他
　　　们想用诡计愚弄我，我就将计就计，把他们摆布一
　　　下，这一双该死的恶狗和他们的老母畜！

第　　（向妲旁白）母亲，你去吧；让我们留在这儿。

妲　　再会，安特洛尼格斯；复仇女神现在去安排妙计，把
　　　你的仇敌诱下罗网。（下）

泰　　我知道你会替我出力；亲爱的复仇女神，再会吧！

祁　　告诉我们，老人家，你要我们干些什么事？

泰　　嘿！我要叫你们做的事多着呢。泼勃律斯，出来！凯
　　　易斯！伐伦泰恩！

【泼勃律斯及余人等上。

泼　　您有什么吩咐？

泰　　你们认识这两个人吗？

泼　　我认识这两个就是皇后的儿子，祁伦和第米屈律斯。

泰　　不，泼勃律斯，不！你完全弄错了。这一个是暗杀，那一个名叫强奸；所以把他们绑起来吧，好泼勃律斯；凯易斯和伐伦泰恩，抓住他们。你们常常听见我希望有这样一天，现在这样一天居然到了。把他们缚得牢牢的，要是他们嚷叫起来，把他们的嘴也给塞住了。（泰下；泼等捉祁、第二人）

祁　　混蛋，住手！我们是皇后的儿子。

泼　　所以我们奉命把你们绑缚起来。塞住他们的嘴，别让他们说一句话。他已经缚好了吗？千万把他缚得紧一点儿。

【泰脱斯率拉薇妮霞重上；拉薇妮霞捧盆，泰脱斯持刀。

泰　　来，来，拉薇妮霞；瞧你的仇人已经缚住了。侄儿

们，塞住他们的嘴，别让他们对我说话，我要叫他
们听听我有些什么惊心动魄的话要对他们说。祁伦，
第米屈律斯，你们这两个恶人啊！这儿站着被你们
用污泥搅混了的清泉；她本来是一个美好的夏天，
却被你们用严冬的霜雪摧残了她的生机。你们杀死
了她的丈夫，为了这一个重大的罪恶，她的两个兄
弟含冤负屈地被处了死刑，还要害我砍掉了手，给
你们取笑。她的娇好的两手，她的舌头，还有比两
手和舌头更宝贵的，她的无瑕的贞操，没有人心的
奸贼们，都在你们暴力的侵凌之下失去了。假如我
让你们说话，你们还有什么话好说？恶贼！你们还
好意思哀求饶命吗？听着，狗东西！听我说我要怎
样处死你们，我这一只剩下的手还可以割断你们的
咽喉，拉薇妮霞用她的断臂捧着的那个盆子，就是
预备盛放你们罪恶的血液的。你们知道你们的母亲
准备到我家里来赴宴，她自称为复仇女神，她以为
我是疯了。听着，恶贼们！我要把你们的骨头磨成
灰粉，用你们的血把它调成面糊，再把你们这两颗
无耻的头颅捣成了肉泥，裹在拌着骨灰的面皮里面

做饼馅；叫那淫妇，你们的猪狗般下贱的母亲，吃下她亲生的骨肉。这就是我请她来享用的美宴，这就是她将要饱餐的盛馔；因为你们对待我的女儿太惨酷了，所以我要用惨酷的手段向你们报复。现在伸出你们的头颈来吧。拉薇妮霞，来。（割二人咽喉）让他们的血淋在这盆子里；等他们死了以后，我就去把他们的骨头磨成灰粉，用这可憎的血水把它调和了，再把他们这两颗奸恶的头颅放在那面饼里烘焙。来，来，大家帮我一臂之力，端整这一场残酷的盛宴。现在把他们抬了进去，我要亲自下厨，料理好了这一道点心，等他们的母亲到来。（众抬二尸下）

第三场　同前；泰脱斯家大厅，

桌上罗列酒肴

【琉歇斯，玛格斯，及哥斯人等上，亚伦镣铐随上。

琉　　玛格斯叔父，既然是我父亲的意思，要我到罗马来，

　　　我只好遵从他的命令。

哥斯人甲　我们也决心追随你，一切听任命运的安排。

琉　　好叔父，请您把这野蛮的摩尔人，这狠恶的饿虎，这

　　　可恨的魔鬼，带了进去；不要给他吃什么东西，用

　　　镣铐锁住了，等那皇后到来，就提他当面对质，叫

　　　他证明她的种种奸恶的图谋。再请您看看我们埋伏

　　　的人手够不够，我怕那皇帝对我们不怀好意。

亚　　有一个魔鬼在我的耳边低声咒诅，怂恿我的舌头向

　　　你们倾吐出我的愤怒的心中的怨毒！

琉　　滚开，没有人心的狗！污秽的奴才！朋友们，帮我的

　　　叔父把他拖进去。（众哥斯人推亚下；喇叭声）喇

　　　叭的声音报知皇帝就要来了。

【撒脱尼纳斯及妲摩拉率哀米律斯，元老，护民官，及余人等上。

撒　　什么！天上可以有两个太阳吗？

琉　　你自称为太阳，有什么用处！

玛　　罗马的皇帝，侄儿，请你们暂停辩论；我们必须平心静气，解决彼此间的争端。殷勤的泰脱斯已经端整好一席盛筵，希望在杯酒之间，两方面重敦盟好，恢复和平，使罗马永享安宁的幸福。所以请你们大家过来，各人就座吧。

撒　　玛格斯，那么我就坐下了。（高音笛吹响）

【泰脱斯作厨夫装束，拉薇妮霞戴面幕，小琉歇斯，及余人等上。泰脱斯捧面饼一盘置桌上。

泰　　欢迎，仁慈的皇上；欢迎，尊严的皇后；欢迎，各位英勇的哥斯人；欢迎，琉歇斯；欢迎，在座的全体嘉宾。虽然我们的酒食非常粗劣，也可以使你们鼓腹而归；请随便吃吧，不要客气。

撒　　你为什么打扮成这个样子，安特洛尼格斯？

泰　　因为我怕厨夫粗心，烹煮得不合陛下和娘娘的口味，
　　　　所以才亲自下厨调度一切。

妲　　那真是多谢你了，好安特洛尼格斯。

泰　　但愿娘娘知道我这一片赤心。皇上陛下，我要请您
　　　　替我解决一个问题：那粗莽的维琪涅斯因为他的女
　　　　儿被人行强奸污，把她亲手杀死①，这一件事做得
　　　　对不对？

撒　　对的，安特洛尼格斯。

泰　　请问陛下的理由？

撒　　因为那女儿不该忍辱偷生，使她的父亲在每一回看
　　　　见她的时候勾起他的怨恨。

泰　　一个正当，充分，而有力的理由；对于我这最不幸
　　　　的人，它是一个可以仿效的成例，一个活生生的榜
　　　　样。死吧，死吧，拉薇妮霞，让你的耻辱和你同时
　　　　死去；让你父亲的怨恨，也和你的耻辱同归于尽吧！

　　　　（杀拉）

撒　　你干了什么事啦，你这不慈不爱的父亲？

_____

　　① 维琪涅斯 (Virginius) 及其杀女之故事待考。——译者注

泰　　我把她杀了。为了她我已经把我的眼睛都哭盲了；

　　　我是像维琪涅斯一样伤心的，我有比他多过一千倍

　　　的理由，使我下这样的毒手，现在这事情已经干了。

撒　　什么！她也被人奸污了吗？告诉我谁干的事。

泰　　请陛下和娘娘吃了这一道粗点。

妲　　为什么你用这样的手段杀死你独生的女儿？

泰　　杀死她的不是我，是祁伦和第米屈律斯；他们奸污

　　　了她，割去了她的舌头；是他们，是他们害她落得

　　　这样一个结果。

撒　　快去把他们立刻抓来见我。

泰　　吓，他们就在这盘子里头，那烘烤在这面饼里的就是

　　　他们的骨肉；他们的母亲刚才吃得津津有味的，也

　　　就是她自己亲生的儿子。这是真的，这是真的；我

　　　的锋利的刀尖可以为我作见证。（杀妲）

撒　　疯子，你这样的行为死有余辜！（杀泰）

琉　　做儿子的忍心看他的父亲流血吗？冤冤相报，有命

　　　抵命！（杀撒；大骚乱，众慌乱走散；玛、琉及其

　　　党羽登上露台）

玛　　你们这些满面愁容的人们，罗马的人民和子孙，巨大

的变乱使你们分裂离散，像一群惊惶的禽鸟，在暴
风中四散飞逃；啊！让我教你们怎样把这一束散乱
的禾秆重新集合起来，把这些零落的肢体团结为完
整的全身；否则罗马将要自召灭亡的灾祸，那曾经
为强大的列国所敬礼的名城，将要像一个日暮途穷
的破落汉一样，卑怯地结束她自己的生命了。可是
我的僵硬的手势和衰老的口才，这些饱历沧桑的真
实的见证，倘不能诱引你们倾听我的言语，（向琉）
那么说吧，罗马的亲爱的友人，正像当年我们的先
祖用他那严肃的口气，向害着相思的黛陀叙述那些
狡猾的希腊人偷进特洛埃城那一个悲惨的大火之夜
的故事一样①；告诉我们是什么奸人迷惑了我们的
耳朵，是谁把那致命的祸根引入罗马，使我们的国
本受到这样的伤害。我的心不是铁石打成的，我也
不能向你们尽情吐露我们全部悲哀的历史，也许就
在我最需要你们同情的倾听的时候，滔滔的热泪将

---

① "我们的先祖"即伊尼阿斯；伊尼阿斯为特洛埃之后人，亦为罗
马之建立者。——译者注

会打断我的叙述。这儿是一位大将，让他告诉你们吧；你们听他说了，你们的心将要怔忡跳动，你们的眼眶里将要泪如雨下。

琉　那么，高贵的听众，让我告诉你们知道，那万恶的祁伦和第米屈律斯便是杀害我们这位皇帝的兄弟的凶手，也就是奸污我的妹妹的暴徒。为了他们重大的罪恶，我的两个兄弟冤遭不白，身首异处；他们不但把我父亲的涕泣陈请置之不顾，而且还用卑鄙的手段，骗诱他砍掉了他那曾经为罗马奋勇作战，把她的敌人送下坟墓去的忠诚的手。最后，我自己也遭到他们无情的放逐，他们把我摈出国门，让我含着满眶的眼泪，向罗马的敌人呼吁求援；我的敌人们被我的真诚的哀泣所感动，捐弃了旧日的嫌恨，伸开他们的两臂拥抱我，把我认作他们的友人。你们要知道，我这为祖国所不容的人，却曾用热血保卫她的安全，拼着自己不顾一切的身体，挡开那对准她的胸前的敌人的兵刃呢。唉！你们知道我不是一个喜欢自夸的人；我的疤痕虽然不会说话，它们可以为我证明我的话是真实不虚的。可是且慢！我想我这样称扬自己的不足道的功绩，未免离题太远了；啊！请你们恕我；当没有朋友在他们身旁的时候，人们只好为自己宣传。

玛　　现在应该轮到我说话了。瞧这孩子吧，这是姐摩拉跟一个不信宗教的摩尔人私通所生的，那摩尔人也就是策动这些惨剧的罪魁祸首。这恶贼虽然罪该万死，为了留着他做一个见证起见，还在泰脱斯的屋子里，没有把他杀掉。现在请你们评判评判，泰脱斯遭到这样无可言喻，超过一切忍耐的限度，任何人所受不了的创巨痛深的损害，是不是应该有今天的报复？你们现在已经听到全部事实的真相了，诸位罗马人，你们怎么说？要是我们有什么事做错了，请你们指点我们的错误，我们这两个安特洛尼格斯家仅存的硕果，愿意从你们现在看见我们所在的地方，手搀着手踊身跳下，在粗硬的顽石上把我们的脑浆砸碎，终结我们这一家的命运。说吧，罗马人，说吧！要是你们说我们必须如此，瞧哪！琉歇斯跟我就可以当着你们的面前跳下。

哀　　下来，下来，可尊敬的罗马人，轻轻地搀着我们的

皇上下来；琉歇斯是我们的皇帝，因为我知道这是
罗马人民一致的呼声。

众罗马人　琉歇斯万岁！罗马的尊严的皇帝！

玛　　（向从者）去到老泰脱斯的悲惨的屋子里，把那不信
神明的摩尔人抓来，让我们判决他一个最可怕的死
刑，惩罚他那作恶多端的一生。（侍从等下）

【琉歇斯，玛格斯，及余人等自露台走下。

众罗马人　琉歇斯万岁！罗马的仁慈的统治者！

琉　　谢谢你们，善良的罗马人；但愿我即位以后，能够
治愈罗马的创伤，拭去她的悲痛的回忆！可是，善
良的人民，请你们宽容我片刻的时间，因为天性之
情驱使我履行一件悲哀的任务。大家站远些；可是
叔父，您过来吧，让我们向这尸体挥洒我们诀别的
眼泪。啊！让这热烈的一吻留在你这惨白冰冷的唇
上，（吻泰）让这些悲哀的泪点留在你这血污的脸
上吧，这是你的儿子对你的最后敬礼了！

玛　　含着满眶的热泪，你的兄弟玛格斯也来吻一吻你的嘴

唇；啊！要是我必须给你流不完的泪，无穷尽的吻，我也决不吝惜。

琉　　过来，孩子；来，来，学学我们的样子，在泪雨之中融化了吧。你的爷爷是十分爱你的：好多次他抱着你在他的膝上跳跃，唱歌催你入睡，他的慈爱的胸脯作为你的枕头；他曾经讲给你听许多小孩子所应该知道的事情；所以你要像一个孝顺的孩子似的，从你幼稚的灵泉里洒下几滴小小的泪珠来，因为这是天性的至情所必需的；心心相系的人，在悲哀之中必然会发出同情的共鸣。向他告别，送他下了坟墓；尽了这一次最后的情谊，从此你就和他人天永别了。

小琉　　啊，爷爷，爷爷！要是您能够死而复活，我真愿意让自己死去。主啊！我哭得不能向他说话；一张开嘴，我的眼泪就会把我噎住。

【侍从等押亚伦重上。

罗马人甲　安特洛尼格斯家不幸的后人，停止了你们的悲哀吧；这可恶的奸贼一手造成了这些惨事，快把他宣判定罪。

琉　　把他齐胸埋在泥土里，让他活活饿死；尽他站在那儿叫骂哭喊，都不准给他一点食物；谁要是怜悯他救济他的，也要受死刑的处分。这是我们的判决，剩几个人在这儿替他掘下泥坑，栽他进去。

亚　　啊！为什么把怒气藏在胸头，隐忍不发呢？我不是小孩子，你们以为我会用卑怯的祷告，忏悔我所作的恶事吗？要是我能够随心所欲，我要做一万件比我曾经做过的更恶的恶事；要是在我一生之中，我曾经作过一件善事，我要从心底里深深忏悔。

琉　　这位已故的皇帝，请几位他生前的好友把他扛运出去，替他埋葬在他父皇的坟墓里。我的父亲和拉薇妮霞将要在我们的家墓之中立刻下葬。至于那头狠毒的雌虎姐摩拉，那么任何的葬礼都不准举行，谁也不准为她服丧志哀，也不准为她鸣响丧钟；她的尸体丢在旷野里，听凭野兽猛禽的咬啄。她的一生像野兽一样不知怜悯，所以她也不应该得到我们的怜悯。那万恶的摩尔人亚伦必须受到他应得的惩罚，因为他是造成我们这一切惨事的祸根。

从今起惩前毖后，把政事重新整顿，

不要让女色谗言，动摇了邦基国本。（同下）

附

录

关于"原译本"的说明

文 / 朱尚刚

朱生豪从 1935 年做准备工作开始，历时近十年，完成了 31 部莎剧的翻译工作，虽然最终未能译完全部莎翁剧作，但已经为将这位世界文坛巨匠介绍给中国人民做出了卓越的贡献。朱生豪译莎以"保持原作之神韵"为首要宗旨，他的译作也的确实现了这个宗旨，至今仍受到读者的欢迎和学界的高度评价。

朱生豪的译莎工作是在贫病交加、极端困难的情况下进行的。日本侵略者的炮火两度摧毁了他已经完成的几乎全部译稿和辛苦搜集起来的各种莎剧版本、注释本和大量参考资料，在最后为译莎而以命相搏的时候，手头"仅有的工具书，只是两本词典——牛津词典和英汉四用辞典。既无其他可以参考的书籍，更没有可以探讨质疑的师友"。而且他当时毕竟还是一个阅历不深的年轻人，虽然有着出众的才华，然而翻译作品中存在各种各样的缺陷和疏漏是完全可以想象的。

朱生豪的遗译最早于 1947 年由世界书局出版（收入除历史剧外的剧本 27 种），以后于 1954 年由作家出版社出版了包括全部朱生豪译作的《莎士比亚戏剧集》。上世纪 60 年代初期，人民文学出版社组织了一批国内一流的专家对朱译莎剧进行校订和补译，原打算在 1964 年纪念莎翁 400 周年诞辰时出版完整的《莎士比亚全集》，后因各种原因一直到 1978 年才得以问世。

《莎士比亚全集》的出版，是我国一代莎学大师通力合作取得的划时代的成就。经校订的朱译莎剧，在很大程度上纠正了原译本因各种主客观原因而产生的缺陷和疏漏，并体现了当时在英语语言和莎学研究上的新成果，是对朱生豪译莎事业的进一步提升和完善。我对这一代莎学前辈们的努力表示真挚的感谢和崇高的敬意！

上世纪九十年代后期，为反映新时代语言的发展和新的学术成果，译林出版社再次组织专家进行了对朱译莎剧的校订，并出版了新的校订本。

校订过程中除了对一些理解或表达方面的缺疵进行修改外，反映较多的是原译本中"漏译"的内容。实际上我相信朱生豪真正因为"疏忽"而漏译的情况即使不是绝对没有，也应该是极少的。我估计，有些地方可能是因为当时的客观条件实在太差，有些地方实在难以理解又没有任何资料可以查考，因此在不影响剧本相对顺畅性的前提下只能跳过去了。

而更多的情况下是有些内容和说法似乎有点"不雅"，朱生豪出于中国传统的思维习惯，就把这些"不雅"的东西删去了。这种做法是否合适是有待商榷的，但也在一定程度上反映了那个特定的时代，特定的阶层，特定的译者的思维方式和特征。

莎士比亚的话题是说不尽的，同样，对莎士比亚的翻译和研究也是说不尽的。经校订的朱译莎剧无疑是对原译稿的改善，但从某种意义上来说，校订者和原译者的思维定式和语言习惯难免有所不同，因此也有读者感到经校订后的译文在语言风格的一致性等方面受到了影响，还有学者对某些修改之处也提出存疑。这些也是很正常的现象，再好的校订本也需要在实践和历史中经受检验，进一步地"校订"和完善。

也是出于这样的考虑，社会上对未经"校订"的朱生豪原译本也产生了相当的兴趣，希望能看到完全体现朱生豪翻译风格，能反映那个时代的语言习惯和学术水平的原译本，看到一个本色的朱生豪译本（包括他的错漏之处）。这在我们这个多元化的社会中应该是一个合理的希求。这次中国青年出版社出版这套原译本系列，正是顺应了这样一种需求，并借此来表达对我的父亲——朱生豪诞辰100周年的纪念之情。我对此表示真挚的谢意！

译者自序

（原文收录于1947年版《莎士比亚戏剧全集》）

于世界文学史中，足以笼罩一世，凌越千古，卓然为词坛之宗匠，诗人之冠冕者，其唯希腊之荷马，意大利之但丁，英之莎士比亚，德之歌德乎。此四子者，各于其不同之时代及环境中，发为不朽之歌声。然荷马史诗中之英雄，既与吾人之现实生活相去过远；但丁之天堂地狱，复与近代思想诸多抵牾；歌德去吾人较近，彼实为近代精神之卓越的代表。然以超脱时空限制一点而论，则莎士比亚之成就，实远在三子之上。盖莎翁笔下之人物，虽多为古代之贵族阶级，然彼所发掘者，实为古今中外贵贱贫富人人所同具之人性。故虽经三百余年以后，不仅其书为全世界文学之士所耽读，其剧本且在各国舞台与银幕上历久搬演而弗衰，盖由其作品中具有永久性与普遍性，故能深入人心如此耳。

中国读者耳莎翁大名已久，文坛知名之士，亦尝将其作品，译出多种，然历观坊间各译本，失之于粗疏草率者尚少，失之于拘泥生硬者实繁有徒。拘泥字句之结果，不仅原作神味，荡焉无存，甚且艰深晦涩，有若天书，令人不能卒读，此则译者之过，莎翁不能任其咎者也。

余笃嗜莎剧，尝首尾研诵全集至十余遍，于原作精神，自觉颇有会心。廿四年春，得前辈同事詹文浒先生之鼓励，始着手为翻绎全集之尝试。越年战事发生，历年来辛苦搜集之各种莎集版本，及诸家注释考证批评之书，不下一二百册，悉数毁于炮火，仓卒中惟携出牛津版全集一册，及译稿数本而已。厥后转辗流徙，为生活而奔波，更无暇晷，以续未竟之志。及三十一年春，目观世变日亟，闭户家居，摈绝外务，始得专心壹志，致力译事。虽贫穷疾病，交相煎迫，而埋头伏案，握管不辍。凡前后历十年而全稿完成，（案译者撰此文时，原拟在半年后可以译竟。讵意体力不支，厥功未就，而因病重辍笔）夫以译莎工作之艰巨，十年之功，不可云久，然毕生精力，殆已尽注于兹矣。

余译此书之宗旨，第一在求于最大可能之范围内，保持原作之神韵；必不得已而求其次，亦必以明白晓畅之字句，忠实传达原文之意趣；而于逐字逐句对照式之硬译，则未敢赞同。凡遇原文中与中国语法不合之处，往往再四咀嚼，不惜全部更易原文之结构，务使作者之命意豁然呈露，不为晦涩之字句所掩蔽。每译一段竟，必先自拟为读者，察阅译文中有无暧昧不明之处。又必自拟为舞台上之演员，审辨语调之是否顺口，音节之是否调和。一字一句之未惬，往往苦思累日。然才力所限，未能尽符理想；乡居僻陋，既无参考之书籍，又鲜质疑之师友。谬误之处，自知不免。所望海内学人，惠予纠正，幸甚幸甚！

原文全集在编次方面，不甚惬当，兹特依据各剧性质，分为"喜剧"、"悲剧"、"杂剧"、"史剧"四辑，每辑各自成一系统。读者循是以求，不难获见莎翁作品之全貌。昔卡莱尔尝云，"吾人宁失百印度，不愿失一莎士比亚。"夫莎士比亚为世界的诗人，固非一国所可独占；倘因此集之出版，使此大诗人之作品，得以普及中国读者之间，则译者之劳力，庶几不为虚掷矣。知我罪我，惟在读者。

生豪书于三十三年四月。

编辑后记

历时两年，这套"莎士比亚戏剧朱生豪原译本全集"（31部）终于全部付印了。在编辑工作中，遇到一些问题，让我们觉得有必要说明一二。

朱生豪原译的莎士比亚戏剧完成于70多年前的民国时期。有很多用法跟我们现代汉语习惯有差别，有的差别还挺大。

对于这些差别和问题，如何处理？为妥善解决原译本和现代汉语的用法习惯等的差别问题，我们特地请教了一些编辑前辈名家（如国家语委的厉兵老师）和研究莎士比亚戏剧的专家学者（如屠岸先生、陈才宇老师）。专家们和我们在这个问题上达成了基本共识，那就是：只要不是笔误或排印错误，都最大限度地保持原貌。现在，把遇到的问题与处理方法都列出来，供读者参考。

1. 当时白话文尚处于发展的早期，有许多字词用法的随意性较大，因此在朱生豪译文中有很多词语跟现在经过规范化的用法不大一样。比如："走头无路"、"甚么"、"黑黝黝"、"身分"、"顽笑"、"跌交"、"叫化"等等，我们在编辑中都保持了原貌。

2.同样，由于当时西方文化进入中国人的视野也属早期，译者对专有名词的翻译也较粗放，并不像现在对很多人名、地名，以致货币名等译法都有了相对稳定的通用，对原译本中和现在通用译法不同的表述，比如："维纳丝"，今译为"维纳斯"；"特洛埃"，今译为"特洛伊"；"克郎"，今译为"克朗"等等；以及大量出现的剧中人物名，我们也都保持了原来的译法。

3.有时甚至同一个人名或者词语在剧本中也不统一。对于这类问题，按照现在的编辑习惯，可能不符合图书质量检验的要求。

比如，在《错误的喜剧》、《维洛那二士》等剧本中出现了"什么"和"甚么"的混用。厉兵老师认为，"五四"以后至新中国成立初，文人的中文著作在用字和用词方面跟目前的规范很不一样。除了"甚么"与"什么"外，其实还有很多，比如"的、地、得"的用法也跟今天不同（毛泽东的"生的伟大，死的光荣"即如是），今天的"介绍"那时说"绍介"，等等。像这些名家的作品，如果采用的原版图书出自较权威的出版社，原则上以维持原貌为宜。如果有错别字，也照登，可加脚注注释，或者在"出版说明"中说明新版在字词处理上的基本原则。朱尚刚先生分析后认为，"什么"和"甚么"在现在虽然规范为统一用"什么"，但在朱生豪原来的译文中二者还是有语气轻重的差别，并非完全随意的。

再比如，在《驯悍记》中，同一个人名在英语原著和朱生豪的译文中前后都出现了两种不同的写法。凯萨琳那和凯萨琳（Katherine 和 Katherina）、克里斯托弗·史赖和克里斯托弗洛·史赖（Christopher Sly 和 Christophero Sly），对于这个问题是否需要统一，我们请教了陈才宇老师。陈老师认为，莎士比亚时代的英语受拉丁语和法语的影响，拼写方式很不稳定，出现不同的拼法是有可能的。若是重新进行翻译或是对现有译本进行校订的话，以统一起来为好。但作为原译本，为保持其原貌，我们予以保留，并加注释说明还是合适的。

4. 还有一些词语，随着时代的发展已经逐步退出了人们的视野。比如"尊价"，在《辞海》中"价"字条中有一项解释为"旧称供役使的人"。原译本用"尊价"有其妙处，既没有搞混身份，又显得十分讲究礼节，更能体现莎剧的韵味。类似的还有"要公"、"巨浸"、"行强"、"靴距"、"旨酒"等等，这些词语现代的读者或许觉得难以理解，但仔细探究后可知都还是不错的，有出处，甚至有典故，更能反映当时的时代特征。

5. 有一个重要的问题需要说明一下，即关于本全集中采用的剧名，我们全部采用朱生豪的原译名：《汉姆莱脱》，今译为《哈姆雷特》；《奥瑟罗》，今译为《奥赛罗》……这可能会让已经习惯了"哈姆雷特"等译名的读者很不习惯。但是，相信你读到《女王殉爱记》（今译为《安东尼与克里奥佩特拉》）、《英雄叛国记》（今译为《科利奥兰纳斯》）、《量罪记》（今译为《一报还一报》）、《该撒遇弑记》（今译为《裘力斯·凯撒》）……等"原译名"时，会有一种得到补偿的感觉。

6. 在编校中我们遇到的最困难的事情，就是未收入世界书局版《莎士比亚戏剧全集》（1～3辑）的四部历史剧。这四部历史剧 1954 年出版时，宋清如女士把原来的翻译手稿提供给出版社，编辑者作过一些修改，这次为体现原译原貌，基本上是依据翻译手稿排印的。

7. 原译本中采用了一些很有特色的吴方言元素，比如"我不听见"、"多少重要"、"哎呀，一瞑可眠得长久！""可是没有香过你家看门人女儿的脸吧？"使用的这些方言词语往往具有特殊的表现力，一般也能为非该方言区的读者所理解。

我们在拜访著名文学家、翻译家屠岸先生时，屠岸先生特别强调，虽然朱生豪的译文难免有一些错漏之处，但他还是很好地把莎剧的神韵译了出来，在当时那样困难的条件下，完成这样一项工程很了不起，对这些错漏之处我们应该予以宽容。

最后，虽然经过近两年的策划与编辑，我们已经尽了最大的努力核对原版本和手稿原文，并参照上述专家学者和名家前辈的意见，处理编校问题，但由于自身水平有限，人力和精力有限，不足之处在所难免，请方家指正！

我们的初衷，就是出版一套能真正反映莎士比亚戏剧朱生豪"原译"风貌的版本，供大众阅读和学者研究所需。若是有所缺漏，或您有新的研究发现，敬请联系我们，以备补充、修订和完善此版本，提供更精要准确和更有版本价值的莎剧朱译"原译本"。

中国青年出版社

新青年读物工作室

2013 年 6 月

图书在版编目（CIP）数据

血海歼仇记 / （英）莎士比亚（Shakespeare,W.）著；
朱生豪译 . —北京：中国青年出版社，2013.4
（新青年文库·莎士比亚戏剧朱生豪原译本全集）
ISBN 978-7-5153-1481-5

Ⅰ. ①血… Ⅱ.①莎… ②朱… Ⅲ.①戏剧文学 – 剧本 – 英国 – 中世纪

Ⅳ. ① I561.33

中国版本图书馆 CIP 数据核字 (2013) 第 044519 号

书　　名：血海歼仇记
著　　者：【英】莎士比亚
译　　者：朱生豪
审　　订：朱尚刚
责任编辑：庄庸　王昕
特约策划：张瑞霞
特约编辑：于晓娟
出版发行：中国青年出版社
社　　址：北京东四十二条 21 号
邮政编码：100708
网　　址：www.cyp.com.cn
门 市 部：（010）57350370
印　　刷：三河市君旺印刷厂
经　　销：新华书店

开　　本：700×1000　1/32
印　　张：5
字　　数：150 千字
版　　次：2013 年 6 月北京第 1 版印刷
印　　次：2013 年 6 月河北第 1 次印刷
印　　数：0,001–4,000 册
定　　价：19.80 元

本图书如有印装质量问题，请凭购书发票与质检部联系调换
联系电话：（010）57350337